どくろ夫婦

ご隠居は福の神 9

井川香四郎

時代小説

二見時代小説文庫

目次

どくろ夫婦——ご隠居は福の神 9

どくろ夫婦──ご隠居は福の神9・主な登場人物

吉右衛門《きちえもん》……ひょんなことから和馬の用人のようになった、なんでもこなす謎だらけの老人。

高山和馬《たかやまかずま》……自身の窮乏は顧みず他人の手助けをしてしまう、お人好しの貧乏旗本。

お歌《うた》……「寿屋《ことぶきや》」という大店で育ったが、大火で焼け出され苦労をした女。

平助《へいすけ》……お歌の亭主。女房と二人、裏長屋での侘しい暮らしをしている。

藪坂甚内《やぶさかじんない》……深川診療所の医師。儒学と医術の知識をもち「医は仁術」を実践している。

千晶《ちあき》……藪坂の診療所で働き、産婆と骨接ぎを担当する娘。和馬に想いを寄せている。

古味覚三郎《こみかくさぶろう》……北町の定町《じょうまち》廻り同心。袖の下を平気で受け取るなど芳しくない評判が多い。

熊公《くまこう》……古味の配下の元相撲取りの岡っ引き。和馬や吉右衛門とは顔馴染み。

沢島孝之介《さわしまこうのすけ》……会津藩の藩校、日新館で医学を学ぶ若侍。同じ会津藩士に追われる。

内藤監物《ないとうけんもつ》……会津藩、江戸家老。代々家老職を担う家柄の当主。

お結《ゆい》……会津藩上屋敷で御殿女中として働く沢島孝之介の許嫁《いいなずけ》。内藤監物の縁者。

久市《ひさいち》……神田紺屋町の紺屋「前橋屋《まえばしや》」の跡取り息子。

お園《その》……公儀御用達にして組合の肝煎りの油問屋「河内屋《かわちや》」の一人娘。

斎藤山城守成重《さいとうやましろのかみなるしげ》……北町奉行の遠山左衛門尉景元とイカヅチの雷蔵《らいぞう》を泉養寺で捕縛した寺社奉行。

お葉《よう》……イカヅチの雷蔵を名乗る盗人一味の若い女頭目。

第一話　どくろ夫婦

一

豊臣秀吉《とよとみひでよし》の財宝が眠っているという噂は諸国にあるが、お歌《うた》が探しているのは、まったく信憑性がなかった。深川八右衛門新田《ふかがわはちえもんしんでん》の一角にある閻魔堂《えんまどう》には、地下蔵があり、その中の大きな壺の中にお宝があるとのことだった。

月も出ていない真夜中、しかも小雨がしとしとと降っている。そんな中で、女がひとり簑《みの》も着けずに忍び足で、閻魔堂に近づいてきた。普段から人気《ひとけ》のない所だから、うらぶれており薄気味悪い。

それでも、お歌は生まれつき度胸が据わっているのか、まったく怖がっていない。幽霊とか妖怪の類《たぐい》は一切、信じていないのだ。

――恐いのは人間だよ。親切で優しい顔をして、いきなり崖から突き落とすからね。散々、裏切りに遭ってきた。根がお調子者のせいか、人に煽《おだ》てられると二つ返事で面倒を見る女だった。男には裏切られるし、商売でも陥《おとしい》れられて、大損したことは数限りない。

唯一、心を許したのは亭主の平助《へいすけ》だけだ。もっとも、この男だって、お歌の美貌と実家の金になびいただけで、どこまで信頼できるか分かったものではない。お歌よりも若くて可愛い女が現れれば、なけなしの金を持ち逃げするかもしれない。夫婦でありながら、そんなことを疑っていた。

二人とも五十を過ぎた老夫婦である。お歌の美貌はすっかり消えており、亭主は〝妖怪婆《ばば》ア〟だとからかっている。亭主の方もすっかり頭が禿げて、髷《まげ》に結う髪もなく、まるで物乞い坊主である。しかも、何年か前に患《わずら》った労咳《ろうがい》がぶり返したかのように、九尺《くしゃく》二間《にけん》の裏長屋で塞ぎ込んでいた。

――私が稼がなきゃ、粥《かゆ》も啜ることができないじゃないか。

お歌は自分の身の上を憐れみながら、閻魔堂の本堂裏にある小さな祠《ほこら》の前に来た。この祠には、なぜか弘法大師《こうぼうだいし》だという石像が安置されているが、その下に秘密の階段があって、本堂の地下に繋がっているという。

小さなヤットコを手にしており、今日まで少しずつ、人知れず石像をずらしてきて
いたのだ。最後に一気に押し倒して、地下への階段を降りると、髑髏《どくろ》の形をした壺が
あって、その中に黄金か小判がざくざくあるとのことだった。
「本当に可哀想な人生だよ……これでも生まれは、京橋《きょうばし》の呉服問屋の娘だったんだ。
なのに火事でやられちまって、店の者はバラバラ。夫婦二人、親戚に預けられたけれ
ど、みんなろくでなしだった……金廻りが良いときは蝶よ花よと煽《おだ》てられたけれど、
貧乏になったとたん、まるでダニ扱いだよ。あんまりだと思わないかい、弘法大師
様」
　ぶつぶつと石像に話しかけながら、石像を少しずつずらしていった。
「同情してくれるなら、太閤秀吉様の財宝のお裾分けくらいしてくれたって、いいざ
んしょ。私は金に困ったからって、他人様《ひとさま》のものに手を付けたことはない。人を騙し
て奪ったこともない……奉公した店の金だってネコババしたことなんざない。年を三
つ誤魔化《ごまか》してるくらいだ」
　コツコツと動かしてきた石像の〝足下《あしもと》〟が突然、ぐらついて、軽く押しただけで、
崩れるように倒れた。
　ガラガラドスン――と激しい音を立てて、祠の壁にぶつかった。一瞬、雷が落ちた

かのような音がして、静寂を破った。だが、雨が降っている。本当に雷に勘違いされたと勝手に思い込み、お歌は石像の下に現れた階段を見て目を丸くした。

中は真っ暗である。細くて急な階段を降りると、水道の石管ほどの狭い所を這って、本堂の地下に向かった。床には蚯蚓《みみず》だか百足《むかで》だか分からない虫の気配がうようよしていたが、不思議と気持ち悪くなかった。

「もうすぐ何万両もの金が入るんだ。ナンマイダ……どうかどうか、無事に帰れますように。こんな貧乏な暮らしで一生が終わるなんて、あんまりだ。神様仏様、どうぞお力添えをナンマイダあ……」

頭を伏せて呟きながら前に這って進むと、急に開けた所に出た。閻魔堂の門前の灯籠の明かりも消えているはずだが、何処《どこ》からかうっすらと明かりが射し込んできている。

ゆっくりと起き上がると、着物がベチャベチャに泥だらけになっているのが分かる。それでも屈《かが》んだまま進むと——微《かす》かな光の中に、黄金色の髑髏が浮かんだ。

「あっ……！」

お歌が思わず声を上げると、残響が鳴り響いた。自分で唇を押さえると、泥が口の中に入った。ペッペッと唾を吐き出しながら、うっすらと浮かぶ髑髏に近づき、そっと手を伸ばした。

気持ち悪くもなんともなかった。髑髏に触れると、ひんやりしていて掌《てのひら》に吸い付いてくるようだった。

「そうかい、そうかい……おまえさんも、私に貰われたがってるのかい。良い子だ、良い子だ……可愛がってあげるからね。こんな所でひっそり独《ひと》りで寂しかったねえ」

まるで我が子の亡骸《なきがら》か骨でも拾ったかのように愛《いと》おしみ、お歌は胸に抱えて、元来た狭い隧道《ずいどう》を戻った。

後は、何処をどうやって帰ったのか、覚えていなかった。ただ雨脚が強くなって、時々、稲光や雷鳴が空に広がっており、誰かに姿を見られることもなかった。

翌朝――。

ハッと朝の光で目覚めたとき、お歌は煎餅《せんべい》布団の中で眠っていた。

一瞬、夢だったのか……と思った。

土間には昨日、帰ってきて着物を脱ぎ捨てたままにし、黄金色の髑髏も茶簞笥《ちゃだんす》の奥に端布《はぎれ》を被《かぶ》せて置いたはずだ。ところが、土間の着物は片付けられている。

起き上がって茶簞笥を開け、端布を取ってみると、黄金色の髑髏は鎮座している。

――夢じゃなかった……。

安堵して溜息をついたとき、表から亭主の平助が入ってきて、

「起きてたのかい。随分と着物が汚れてたから、洗って干しておいたよ」

と言った。

狸《たぬき》のような体つきで、見るからに何をやっても鈍臭《どんくさ》そうに見えるが、これで意外と手先だけは器用なのだ。

いつも中途半端に笑みを浮かべているので、少し頭が足らなさそうに見えるが、読み書き算盤《そろばん》も人並み以上にできる。だから、もう三十年近く前になるが、父親に認められ、婿《むこ》入りして、お歌の亭主になったのだ。

「貧乏神……」

ぽつりと、お歌は呟いた。平助の耳にも届いているはずだが、いつも聞こえぬふりをしているのだろう。

「今日は味噌汁を作れるぞ。大工の源《げん》さんの女房に分けて貰ったんだ」

「えっ……」

「覚えてねえのか、おまえ」

「何をだい……」

「だって、ゆうべ、真夜中にずぶ濡れで帰ってくるなり、土間にぶっ倒れたので、吃《びっ》

驚《くり》して大声出したら、隣の源さんや向かいの左官の八公《はちこう》が来て、おまえを寝かしてくれたんだ」

「…………」

「熱はなさそうだったから、医者は呼ばなかったけど、みんな大層、心配してくれてよ。で、味噌を分けてくれたんだ」

「そりゃ迷惑をかけたねえ……」

「みんなに叱られたよ。てめえは仕事もろくにせずに寝てばっかりなのに、女房を夜中まで働かせるんじゃねえって……長屋の連中は知ってたんだよ」

「な、何をだい……」

不審な顔になるお歌に、平助はニンマリと笑って、

「亭主の俺に隠すことはないじゃねえか」

「…………」

「おまえ、食うに困ってるって、女だてらに普請場にまで働きに出かけてたんだってな。昨夜は雨の中、何処ぞの水路が決壊したからって大変だったとか……おまえには本当に苦労ばかりかけて、このとおりだ」

申し訳ないと、平助は頭を下げた。そして、罪滅ぼしに味噌汁くらいは作ると、茶

簞笥を開けようとしたが、お歌は両手を広げて止めて、必死に返した。

「いいよ、いいよ。おまえさんは体が悪いんだから、元気な私が働くのは当たり前じゃないか。夫婦だもの、遠慮しなさんなよ」

「――なんだよ」

「え……」

「茶簞笥に何かあるのかい」

いつも鈍《にぶ》いくせに、時々、妙に勘が良いときがある。平助は苦笑して、

「黄金色の髑髏とは畏れ入った」

「………」

「おまえもなかなかだな。近頃は、髑髏を象《かたど》った茶壺とか菓子入れが流行《はや》っているらしいが、何の縁起担ぎだい。しかも、黄金色とは、お歌らしくていい」

どうやら勘違いしているようだが、お歌は誤魔化して、

「そりゃ私だってさ、ちょっとした夢くらいみたいもんだよ。小銭を貯めようと思ってね。塵《ちり》も積もればなんとやらだよ」

「そうだな。あんな大店《おおだな》の娘だったのに、甲斐性なしの俺のために……すまねえな」

急に涙ぐんで汚い手拭いで顔を拭いたから、目の下が墨が付いたように黒ずんだ。

それを見て、お歌が思わず笑うと、

「あ、しまった。さっき、大家さんの床を掃除してたんだった。あはは」

と手拭いを払った。

お歌も合わせて笑い続けたが、心はずっと茶簞笥の中の髑髏のことだった。下手《へた》に話すと盗んだことがバレる。お歌はキチンと始末をつけるまで、たとえ亭主にでも秘密にしておこうと心に誓ったのだった。

二

深川診療所《しんりょうじょ》には今日も、患者が列をなしている。近頃は、コロリも流行っていたし、薬がないので、自宅で寝ている間に熱が上がって死んだ者もいる。

藪坂甚内《やぶさかじんない》先生は寝る間も惜しんで、病人たちを診察して治療を施していたが、この場にいると世の中は病人だらけのように思える。そんな中で、産婆で骨接《ほねつ》ぎ医でもある千晶《ちあき》も、若手医者と一緒に患者の面倒を見ていた。

「今日は調子が良さそうだね、平助さん……少しは咳《せき》が収まったかしら」

「先生に貰った麦門冬湯《ばくもんどうとう》のお陰かなあ。咳や痰《たん》も減ったし、胸の痛みも楽になった気がするよ」

漢方の古典『金匱要略《きんきようりやく》』という書にも載っている薬を処方し、喉《のど》や気道の粘膜を潤して、本来の働きに戻すという。平助は労咳になったこともあるから、コロリが流行り始めたときには、死ぬ覚悟をしていたが、女房のお歌がせっせと看病してくれたお陰で助かった。

「お歌さんもこの前、腰や肩、首が痛いって来てたけれど、やはり年を取ると働き詰めは苦しいと思いますよ」

「申し訳ない。亭主が不甲斐ないばっかりに……」

「でも、相思相愛の夫婦は傍《はた》から見ていても幸せそうで羨ましいわ」

「あれでも、昔は大きな呉服問屋の娘だったのだがねえ……可哀想なことをした」

「そうなんですか？」

千晶は意外そうな顔になった。ふたりにどのような事情があったのかは、ほとんど知らなかった。診療所近くにある商家の裏長屋に越してきたのは一年ほど前のことだし、どう見ても裕福とは縁がなさそうな夫婦に見えたからである。

「大昔のことだ……俺が婿入りしてからすぐ店が傾き、その上、数年経った頃に火事災難もあって、店が潰《つぶ》れてしまった……俺はまごうかたなき貧乏神だよ」

と平助は自嘲して、

「それから何でもして働いてきたけど、俺が病《やまい》がちで……だから、ゆうべもあの土砂降りの中、女房は働きに出ててね……」

「そういえば、凄い雷雨でしたね。閻魔堂の裏にある祠には雷が落ちて、弘法大師様の石像は割れて倒れているし、祠は燃えて、閻魔堂も一部が焼け焦げたとか」

「へえ、そんなことが……」

「疫病に天災……人の世ってのはいつも大変だね。でも、この深川の人々は仲が良くて、争い事がないからいい。平穏無事が一番。平助さんも、いつまでも元気でね」

千晶が慰めていると、いつもの俳人のようなご隠居姿の吉右衛門《きちえもん》が、ぶらりと山門を潜《くぐ》ってきた。古寺をそのまま借りて診療所にしているから、ここに来る者たちはまるで参拝気分のようだった。

「おや、貧乏神じゃなくて、福の神がいらっしゃいましたよ。平助さんも、お裾分けして貰って下さいな」

と千晶が笑ってから、吉右衛門の方に近づいていった。

「ご隠居さん。今日は何をくれるんですか」

会って第一声がまるで物乞いのような態度の千晶に、吉右衛門はいつものことだか

ら、微笑《ほほえ》み返して、

「来る途中、躓《つまず》いて転びそうになったので何かと思ったら、財布でした。中に十両も入っていました。番屋に届けたら、すぐに持ち主が見つかって、御礼だと言って一両もくれた」

「ええ！　さすがは福の神！」

「なので、何かの足しにして貰おうと、藪坂先生にな」

そう言いながら、本堂前の賽銭箱にチャリンと入れた。高徳な人たちが喜捨《きしや》するかのように、お金を恵んでいるのだ。だから診療所では薬代もただなのである。

「これは平助さんではありませんか」

吉右衛門の方から声をかけると、待っていたかのように平助が、

「図々しいのですが、吉右衛門さんにお頼みしたいことがあるのです。聞いて下さい」

と切羽詰まった顔で言った。

「どうしたのですか。私にできることなら、なんなりと……」

「ご隠居さんの弟子にしていただきたいのです」

「弟子……？」

「四十の手習いならぬ五十……ですがね」

「はて、これはまたどうして」

「これでも手先は器用でしてね、ご隠居さんほどではありませんが、大工仕事に庭仕事、料理……なんでもこなしてきたんです。読み書き算盤もできます。でも、何ひとつものにならなかった。器用貧乏ってやつです」

平助は辛抱が足らないので、すぐに諦めてしまったことを、この年になって後悔していると切実に言った。

「まあ、そこまで卑下《ひげ》しなくても、何かひとつでもできれば自信を持てるのではありませんか。私とて、どれも中途半端です」

「ご謙遜を……短い付き合いですが俺も見てましたし、近所の人々も凄いってベタ褒めです。なので、どうか……」

懸命に頼むので、吉右衛門としては嫌とは言えなかった。

「で、何をしたいのです」

「女房の殺し方を教えて貰いたいんです」

真顔で言う平助に、吉右衛門はニコニコ笑って答えた。

「盗みや殺し以外のことなら、お手伝い致しますが、それは無理ですなあ」

「冗談ですよ。実は、呉服問屋に婿入りしたくらいですから、縫う仕事が得意なのです。そこで、着物の洗い張りを仕事にしようと思うのですが、ご教示願えないでしょうか」

「ええ、結構ですよ。私も若君……和馬《かずま》様のお召し物は外に出さずに自分でやってますのでね。少しでも倹約しようと」

「では、今日からよろしくお願い致します」

「今日から……」

「善は急げと申しますからね」

平助はすぐにでも吉右衛門について、修業をしたいと屋敷までついてきた。

いつものような炊き出しはしていないが、近所の子供たちが庭で鬼ごっこをして遊んでいる。縁側には当主の高山《たかやま》和馬が、寝そべって、子供の騒ぎ声を聞きながら本を読んでいる。初夏の陽射しが穏やかに、高山の屋敷を包んでいた。

その様子を眺めて、平助はなぜか急にしょぼついた目になって、

「羨ましい……子供らの屈託のない姿、穏やかな日々、そして何不自由のない暮らし……私たち夫婦も本来なら、子供のひとりでもいて、そろそろ孫という年頃……」

と言いかけて首を振ると、

「悔やんでもしょうがないことですがね、お歌には可哀想なことをしたと、ずっと思い続けているのです。だから、せめて自分もキチンと働かないと……」

平助は聞かれてもない話を、吉右衛門に続けた。

「もちろん若い頃は、私も体が丈夫でしたので、普請場や材木屋で働きましたよ。でも、長続きせずに……その代わり、女房が働きました。乳母日傘《おんばひがさ》で育ったのに、何もかも失ったときから、性根が据わったのか……」

吉右衛門もお歌の実家が呉服問屋だったと知っていたが、京橋にある『寿屋《ことぶきや》』と聞いて、少し思い当たる節があった。

「『寿屋』……京橋といっても、すぐ日本橋《にほんばし》に近かった」

「ええ、そうです。ご隠居さんはご存知でしたか」

「その『寿屋』は徳川御三家《とくがわごさんけ》の紀州《きしゅう》様の御用達《ごようたし》でもありましたよね」

「はい。よくご存知で……」

「ああ、あの一角が燃えた大火事のときに……」

遠い昔を思い出した吉右衛門は、同情の目になって平助を見て、

「あれは凄惨な火事でしたな。私も覚えてますよ。幸い人は死ななかったと思うが、風が強ければ、大昔の振袖《ふりそで》火事の二の舞になるところでしたな」

「ええ。うちにあった振袖はぜんぶ燃えました」

『寿屋』といえば、元々、徳川家康《いえやす》公が江戸に来た頃から始めた老舗《しにせ》も老舗。しかも、三河《みかわ》の出と聞いておりますが、そうでしたか……これは知らなかったとはいえ、申し訳ありませなんだ」

吉右衛門は頭を下げたが、平助は「とんでもない、自分はただの入り婿で」と恐縮した。しかも、『寿屋』の近くにあった小間物問屋の手代だったので、お歌とは身分違いだと謙《へりくだ》った。

「身分など関わりない。心から惚れ合ったかどうかが肝心だ」

横合いから和馬が声をかけた。

「それにしても……『寿屋』のことなら、俺も父上らから噂には聞いたことがあるが、よほど呪われた呉服商だったのだな」

「えっ……」

「知らぬのか、おまえは」

和馬は曰《いわ》くありげな表情になって、平助に話した。

「その昔、『寿屋』で仕立てた着物は、戦《いくさ》に着ていくものだった。死を覚悟して身につけたものだ。つまり死に装束だな」

「そうだったのですか……」

「定かな話ではないが、『寿屋』の先祖は、家康公の家臣のひとりで出陣の折には身の周りの世話をしていたとか。それゆえ、江戸入りも一緒にして、いわゆる特権商人のひとりとなったのだ」

「知りませんでした……」

「だが、その後は、『寿屋』の着物を着ると早死にするとか、花嫁衣装を作ると別れてしまうとか、色々と嫌な噂が流れてな」

「それで、呪われた呉服商ですか……」

「初代は、髑髏の家紋だったそうではないか。如何《いか》にも縁起が悪いので、京の賀茂《かも》神社と同じ二葉葵《ふたばあおい》を徳川家から戴いたらしいがな」

「ああ、それで、髑髏……」

「む、なんだ？」

和馬が首を傾げると、平助は「何でもありません」と答えてから、憂鬱そうな顔になった。やる気満々で吉右衛門についてきたのに、縁起の悪い話で出鼻を挫《くじ》かれた気がしてきたのだ。

だが、吉右衛門の方は笑みを湛《たた》えたままで、

「呪われた商家ならば、とうに潰れていても良さそうですがね。髑髏はきっと縁起が良かったのでしょう。火事になっても、死人ひとりも出なかったのですから」

と慰めるように言った。

「付け加えると、『寿屋』の火事は付け火だったという噂もありました。あの周辺には大店が多かったから、火事場泥棒もいて、それで畳むことになった大店もあったとか」

「ええ、そうです。『寿屋』もその憂き目にあって、この体《てい》たらくでして……」

すっかりしょぼくれた平助は、背中を向けて門の方に歩いていきながら、

「やはり私は、お歌にとって貧乏神だったのでしょうねえ……」

「平助さんや。洗い張りの修業は」

「明日からにします。では、またよろしくお願いします」

深々と頭を下げて、平助は帰ってしまった。吉右衛門は溜息交じりに、

「和馬様が余計な話をするからですよ」

「俺が生まれる前の、大昔のことではないか」

「呪われてるとか、髑髏とか……言われた方は気持ちいいものではありませぬ。和馬様はどうも、人がどう感じるのかに鈍いというか……人の心中を察せぬのは野暮天《やぼてん》で

すぞ」

「そうかな。俺は誰にでも好かれるし感謝されている人物だと思うがな」

「自分で言いますかね……とにかく、あの夫婦が『寿屋』の者ならば、なんとかしてあげたいですな」

「えっ。どうして……」

「どうしてって、徳川家ゆかりの呉服屋ですぞ。徳川家旗本の高山家が知らぬ顔をしていては、ご先祖に申し訳が立ちますまい」

何か考えがあるのか、吉右衛門は和馬を煽《あお》るように微笑みかけた。

三

今日も——お歌は、大川《おおかわ》土手にある普請場の手伝いに出かけていた。

ほとんどは、普請人足が飲む水や茶を出したり、握り飯をこさえたりするのが仕事だが、時には砂利を運んだり、必要な木材を運ぶのを支えたりしていた。

日の出から夕焼けが出るまで働いて、百文にもならない。だが、食うためには文句を言わず仕事をしなければならないのだ。

――私はどうして、こんなに辛い思いをしなければならないのだろうか……。

時にはそんなふうに思ったこともあるが、心から惚れた平助と一緒に暮らせているのだから、不幸せだと思ったことはなかった。もちろん、あのまま当たり前に商売を続けられていたら、余計な苦労はしなくて済んだかもしれないけれど、

――もしかしたら、あの火事で死んでいたかもしれない。

――商売が上手《うま》くいってても、押し込みに入られて殺されていたかもしれない。

――働いて丈夫な体でなかったら、流行病《はやりやまい》で死んでいたかもしれない。

――金を儲けていたら、いい気になって夫婦して無駄遣いをして、多額の借金をして心中していたかもしれない。

などと考えてしまうのだ。

杞憂《きゆう》だったかもしれないが、今日の命があるだけで、ありがたかった。南無阿弥陀《なむあみだ》仏《ぶつ》を唱えながら土砂運びを手伝っていると、

「おまえが、お歌か……」

と背後から不意に声がかかった。

振り返ると、和馬が立っていた。羽織姿ではなく、笠を被って襷《たすき》がけをした野袴《のばかま》のいでたちだった。

「あなた様はたしか……」

「この普請を預かっている小普請組旗本の高山和馬だ」

「そうでした。これはご無礼を致しました」

「元は『寿屋』の娘さんが、かような仕事はきついであろう。さ、こっちへ」

和馬は普請場の外れにある休息場に誘ったが、お歌は吃驚《びっくり》するやら恐縮するやらで、

「いえ、昔の話でございます。今はごらんのとおり日焼けと皺《しわ》だらけの婆アでございます。それに今日食べるのも大変ですので、こうして働いているのです」

と素直に言った。だが、和馬はその態度に何処か嘘があると感じて、

「本音は違うであろう」

と少し意地悪な目で訊き返した。

「もっと楽して、気儘に暮らしたい。なんで、こんな目に遭っているのだ……と思っておるのではないか」

「め、めっそうもございません。どうして、そのようなことを……」

「吉右衛門は俺のことを、人がどう感じるのかに疎《うと》い、心の中が読めぬ野暮だと言うのでな、そうではないと証《あか》したかったのだ」

「そんなこと……私は本当に……」

と言いながら、お歌は目を逸らした。その横顔を、和馬はじっと見つめながら、

「実は頼みたいことがあるのだ」

「私に、ですか……」

「亭主の平助は病がちらしいし、女房に長年苦労をかけて心苦しいようだ。そこで、もしよければ、うちに奉公せぬか」

「ほ、奉公……高山様のお屋敷にですか」

「うむ。知ってのとおり貧乏旗本ゆえな、大した給金は払えぬが、吉右衛門だけに身の周りの面倒を見させるのも、それこそ心苦しくてな……平助は中間《ちゅうげん》として雇う。どうだ。無理にとは言わぬが、考えてくれ」

和馬は親切心で話したのだが、お歌の方はあまり乗り気ではなさそうだった。

高山家の屋敷は、小身《しょうしん》旗本とはいえ、三百坪を超える屋敷で幾つも部屋があり、離れに住めば、夫婦水入らずの時も過ごせる。和馬は不自由はなかろうと誘った。

「二親には早くに亡くなられ、親との縁が薄い。だから、自分の家だと思って……」

「ありがとうございます。ええ、でも嫌とかじゃないのです。あまりにいい話過ぎて、ちょっと恐いのです」

「恐い……」

「ええ。私たち夫婦には、ろくなことがありませんでした。運がないだけではなく、人柄の良さそうな人に騙されたこともあります……あ、いえ、高山様がそうだとはみじんも思っておりません。ですが、あまりに急な話なので、亭主に相談してみます。あの役立たずが、中間なんて大変な仕事ができるかどうかも分かりませんし」

お歌は一気呵成《いっきかせい》に言うと、頭を下げて作業場に戻った。その様子を見ていて、和馬は「なんだか変だな」と感じた。自分では良かれと思ってのことだが、これも相手の気持ちが読めぬせいかと思っていた。

その夜、お歌が裏長屋に帰ると、薄暗い中で、平助が座り込んでいた。

「遅くなってごめんね……ちょいと、どうしたのさ、幽霊でも見たような顔をして」

「…………」

「大丈夫かい。お腹が空いて動けないのかい。すぐにご飯の仕度をするから。飯は朝炊いたぶんしかないけど、何かおかずを……」

「いや、本当に幽霊どころか、恐ろしいものを見たよ」

平助は背中に隠すようにしていた例の黄金色の髑髏の壺を差し出した。

「あっ……」

お歌は思わず土間から上がって、

「なんで、これを……勝手に触っちゃいけないよ。罰が当たるよ」

「ああ、大当たりだ……俺は天罰を受けたみてえに、脳天から爪先まで雷で打たれて、痺れまくっているようだよ」

「雷に当たったことがあるのかい」

「あるわけないだろ。富籤《とみくじ》にだって当たったことがない。でも、驚くな、お歌……いいか。腰を抜かしちゃならねえぞ。俺の腕をしっかり摑んでおけ。いいか、よく聞け」

「――な、なんなんだい一体……」

髑髏の壺の蓋を、平助は抱え込むようにして開けた。しっかりと閉じられており、かなり力を入れないと動かなかった。

パカッと割れたような音がして、髑髏の目の上辺《あた》りがずれて、中が見えた。薄暗い中でもキラキラと燦《きら》めく色合いだった。表面はでこぼこの楕円形で、小判のようであった。

「茶を入れようと思って出そうとして、重いので開けてみたら……誰に貰ったのか知らないが、おまえ、知ってたのか」

「あ、いえ……」

「もし茶壺と思って貰ったのなら、返すべきだと思うがな」

「——おまえさん……暗い中だと余計に薄気味悪いから、行灯《あんどん》を……」

火種を移して、ぼんやりと灯りをともしたが、それもまた恐いくらいに髑髏が笑っているように見えた。

「小判だぞ。しかも、これは慶長《けいちょう》小判だ……見てみろ。この茣蓙《ござ》目に、桐紋《きりもん》を囲む扇枠《おおぎわく》。花押《かおう》も押されている。おそらく小判師と吹所《ふきしょ》のものだ。俺たちが見慣れている……いや、もう何十年も見ていないが、ふつうの小判の二回りくらいの大きさで、重さも五匁《もんめ》近くある……本物だ」

「……おまえさんに、慶長小判のことが分かるのかい」

訊き返すお歌に、平助は頷《うなず》いて、

「若い頃、小間物問屋に奉公する前には、両替商にもいたし、古物商や小銭商にもな……何をしても長続きしないもので。おまえとの暮らし以外には……」

と言いかけて首を傾げた。

「もしかして、お歌……おまえは、中身を知っていたのか。慶長小判だってことを」

「……………」

「誰かに、茶壺として貰ったんじゃ……」

「──見てしまったんだね、おまえさん……勝手に人の物を……」

不気味な声で言うお歌の顔こそ、髑髏に見えた。平助は思わず腰が引けたが、

「人の物って、女房じゃないか。ど、どうして、おまえがこんなものを」

「………」

「これはたしかに本物の慶長小判だ。ああ、間違いない。何度も噛んで確かめた。値打ちはふつうの小判の十倍だ。物によっては、三十倍も五十倍もする代物だ。おまえが持ってる訳が聞きたい」

平助の声は少し震えている。

お歌は短い溜息をつくと、正座をし直して、平助に向き直った。行灯の明かりが妙な塩梅に、お歌の鬼婆みたいな顔を浮かび上がらせている。顔だちが美しいからこそ、冷たい感じで恐いのだ。

「女房の面《つら》を見て、何をびびってるのさ」

「……全然、びびってねえよ」

「誰にも内緒だよ。ふたりだけの秘密だからね」

「ああ……俺たちには、人に言えねえことは、いくらでもあるからな」

「ないよ。後ろ指さされるようなことは一切してこなかった。それが『寿屋』の矜《きょう》持《じ》だよ。腐っても鯛《たい》さね」

「いや、腐った鯛は食えたもんじゃねえぞ」

「馬鹿を言ってないで、ちゃんとお聞き……これは太閤秀吉の財宝。閻魔堂の地下蔵から持ってきたんだよ」

「閻魔堂の地下蔵……って、まさか、おい……」

大雨の日のことかと、平助は気づいた。裏長屋は壁が薄い。お歌は声を潜《ひそ》めて、

「ただの噂じゃなかったんだ……本当にあったんだよ。太閤秀吉が髑髏が好きだったのは、知ってるよね。その場で中身を確かめたわけじゃないけれど、持って帰ってから見てみたら……ご覧のとおりさ」

「おまえ……盗んだのか。後ろ指さされるどころじゃねえぞ」

「人聞きの悪いことを言わないでおくれよ。閻魔堂は破《や》れ寺も同然。そりゃ参拝する人はいなくはないけどさ、夜は野良猫の巣窟だよ。落とし物を拾ったようなものさね」

「落とし物なら、ちゃんと届け出ねば。ご隠居さんだって、届けたぞ。そしたら、御礼にって一両を……」

「何の話だよ」

お歌は話を遮って、シッと人差し指を立てた。

「いいかい。これは拾い物で、私たちが預かっているだけさ。半年か一年か、持ち主が現れなければ、ぜんぶ戴ける……それまで一文たりとも使ってはいけないよ」

「なんで、俺に黙ってたんだ」

「おまえさんが知ったら、また博奕《ばくち》とか富籤に使うかもしれないからさ」

「そんなこと俺はしたこと……二、三回しかねえぞ」

「何年もかけて、せっかく貯めた金を失くしたのは、何処のどなた様でしたかね」

「――すまねえ……」

「だから、変な気は起こさないように。それと……」

お歌はさらに声を低めて、

「いつもどおりに過ごすこと。周りに気取られないようにね。だから、私も体がきついのに普請場に出てるんだ。あんたも、高山様んちのご隠居に何か頼んだのなら、せいぜい頑張って……ふりでもいいからしてな」

と諭すように言った。だが、平助は承服できかねるように苦笑いして、お歌を抱き寄せた。お歌は「なんだよ、いきなり、よしなさいよ」と押し返そうとした。

「勘違いするな。何もしやしねえよ」

　平助は耳元にささやいた。

「慶長小判は本物だが、太閤秀吉の財宝ってのは解せない」

「え……」

「だってよ、慶長小判てのは徳川家康公が作ったものじゃねえか。秀吉公の財宝のわけがない。しかも、この小判は粗目《あらめ》といって、明暦《めいれき》以降にできたものだ。あの振袖火事の後のものだ……それでも、金《きん》が沢山《たくさん》含まれているから、値打ちは凄い」

「だったら、いいじゃないか。秀吉公だろうが家康公だろうが、どっちでも」

「ああ。しかも、後藤庄三郎光次《ごとうしょうざぶろうみつつぐ》の刻印があるということは本物だからいいのだが、これを実際に使うことなんざできない」

「えっ、そうなのかい？」

「そりゃ、そうだろう。ふつうの小判でも庶民が持っていたら、なんでと疑われる。ましてや慶長小判は、大名や旗本など偉い武家が祝儀か何かに使うときのものだ」

「じゃ、どうするのさ」

「何処かで交換するか、闇の売人にでも売るしかねえ」

「闇の……なんだか嫌な風向きになってきたねえ」

障子窓の外は夜風が強いのか、ガタガタと鳴っている。持ち慣れないものがあって、心が落ち着かないと、両隣の壁や天井や床下まで、〝目や耳〟がありそうな気がする。

「とにかく、頃良いときがくるまで、ふだんどおりに。いいね、おまえさん」

お歌が念を押すように囁《ささや》くと、平助もしっかりと頷いて、そのまま女房を押し倒した。なんだか興奮してきて眠れないのだ。

夜風はますます強くなってきた。

四

翌日、平助は日本橋の雑踏の中を歩いていた。

ずらっと並ぶ商家の軒先に挟まれるように、遙か遠くには富士山《ふじさん》が見える。にも拘《かか》わらず、背中を丸めて、まるで屑《くず》拾いのように俯《うつむ》いて、地面ばかりを見ていた。

二十数年前には、京橋『寿屋』の若旦那として、この界隈を手代を連れて闊歩していたのだ。まさか転落するとは思ってもみなかったが、考えてみれば、若旦那でいたのは、わずか五年余り。その後は、生きていてもいなくても誰も知らないような暮らしだった。

もちろん悪いことばかりではなかった。つましいながら、最愛のお歌と一緒にいられるだけで、平助は満足だった。だが、女房ひとり幸せにしてやれなかったことに、忸怩《じくじ》たる思いがあったのだ。

光陰矢の如しというが、あっという間に馬齢を重ねた。自分のことは構わないが、お歌に可哀想な思いをさせたことだけが、悔やんでも悔やみきれなかった。

ところが、思いがけず、黄金の髑髏が幸せを運んできた。それとて、お歌が持ってきたものだが、慶長小判がざっと三十枚。一枚あたり十両の値打ちがあったとして、三百両。もっと高値がつけば千両だって夢ではない。これで、一花咲かせることができるかもしれない。『寿屋』を再興することも叶うかもしれないと浮き足立っていた。

そのとき――前方から来た三十絡みの遊び人風の男が、擦れ違いざま、平助の方によろめいてきた。「あ、すみません」と平助の方が謝って道を譲ると、遊び人風の男は、

「何処見てんだよ、うすのろめが」

と悪態をつくと、なぜか足早に走り去ろうとした。

とたん、遊び人風の腕が何者かに摑まれて、ねじ上げられた。

「あたた……何しやがるんでえ！」

いかつい顔で振り返ると、その腕を握って放さないのは、岡っ引の熊公《くまこう》だった。名前どおりの大柄で、腕っ節が強い熊公にとっては、雑作のない相手だった。

その熊公の後ろから、ニマニマと笑いながら近づいてくるのは、北町奉行所定町廻り同心の古味《こみ》覚三郎《かくさぶろう》であった。一癖も二癖もありそうな風貌と態度であり、〝袖の下同心〟と噂されるほど金には汚い。

「おまえ、たしか浅草《あさくさ》の寅五郎《とらごろう》一家に出入りしている益蔵《ますぞう》だったな」

「あ、これは古味の旦那……いてて」

「今、盗んだものを返しな」

古味が手を差し出すと、益蔵と呼ばれた男は惚《とぼ》けて、

「な、何のことです」

と答えた。が、古味は十手《じって》で顎《あご》を突っつき、

「今、掏《す》ったじゃねえか。素直に返せば、今日のところは見逃してやる。惚《とぼ》け通すつもりなら、ここで裸にして、小伝馬町《こでんまちょう》送りだ」

「わ、分かりやしたよッ。なんだい、これくらいのことで」

益蔵は平助から掏り取ったばかりの財布を、地面に投げつけた。

その弾みで、財布の紐が解け、ジャリンと小粒に混じって、慶長小判が跳ねた。一

瞬、三人とも凍りつくように見た。その間に、益蔵は「やっぱりッ」と舌打ちをしてから、転がるように逃げ出した。

その益蔵のことなど見向きもせず、古味は慶長小判を拾い上げて、

「おい。これは……！」

と驚きの目で触っていたが、熊公の方は、「なんですかい」とよく分からないようだった。古味が説明をしようとすると、懐《ふところ》から盗まれたと気づいたのか、平助が舞い戻ってきた。

「旦那方、その財布は……」

「掏摸《すり》から取り返してやったところだ」

「そ、そうでしたか。それはご親切に、ありがとうございました」

熊公が財布と小銭を拾って手渡したが、古味は慶長小判を持ったまま、

「どうして、こんなものを……おまえの持ち物なのかい」

と平助の顔や姿を値踏みするように見た。

「ええ、そうです……」

おどおどしているので、古味は挙動不審に感じたのであろう。

「ちょいと、そこの自身番まで来てくれねえか」

「えっ。どうして私が……」

「こんな大層なものを持てるような町人には、見えないのだがな」

「あ、いえ、私のです……もしかしたら、これを持っていると知ってて、さっきの奴が掏ったのかもしれません」

「だな……それも考えられる」

古味は熊公に命じて、逃げた益蔵を追いかけさせた。妙な風向きになったので、平助は困ったようにしょぼくれて、

「なんでだよ……こういうときに限って、なんで掏摸なんかが……」

「こういう時に限って、だと」

「いえ、なんでもありません。私は、ええと……京橋の呉服問屋『寿屋』の主人……だった者で、平助といいます」

『寿屋』……聞いたことねえな」

「もう大昔に火事に見舞われて、その後は色々と、はい……」

火事のことは古味も脳裏に思い出したようだが、それと慶長小判が結びつかないので、とにかく自身番に連れていこうとした。平助は、まったくついていないと思いながら、

「ですが、今はお旗本の高山和馬様に、中間としてお仕えしております。高山様のお屋敷は、本所菊川町《ほんじょきくかわちょう》にありまして……」

と適当に言い訳をすると、古味の方が驚いた。

「なんだと、高山様……よく知ってるよ。ご隠居の吉右衛門には、色々と迷惑をかけられどおしだからよ」

皮肉めいて言う古味に、平助は渡りに船とばかりに、いい加減な嘘を付け加えた。

「ご存知でしたか。だったら話が早いです。本当はこれ私のではなくて、高山和馬様に頼まれて、日本橋の馴染みの両替商に換金に行くところです」

訝《いぶか》しんで見ている古味の顔は、決して納得できていなかったが、

「さようか……まあ、お旗本なら持ってないこともないだろうが、ああそうですかと見逃すわけにもいかぬ。掏摸の一件との突き合わせもあるからな」

と言った。

「突き合わせって……旦那、どうか勘弁して下さい」

「さっきの奴は、益蔵って奴で掏摸の常習だ。おまえには証人になって貰うぞ。高山様にも確かめないとな」

古味に十手を突きつけられた平助は、まるで自分が咎人《とがにん》にでもされた気分になった。

そのまま、高山家まで連行された平助は、和馬と吉右衛門の前で恐縮し、ちんまりと座っていた。「申し訳ありません」と何度も謝《あやま》る平助だったが、

「たしかに、平助はうちの中間だ。それに、この小判も、この者が言うとおり、換金に行かせたのだが、何か？」

と古味に言った。

平助の方が驚いた顔になったが、吉右衛門が目配せをしたので、黙って成り行きを見ていた。和馬はまるで打ち合わせでもしたかのように、淡々と平助を庇《かば》った。

「――そうですか……本当に高山様の中間でしたら、町方の拙者は退散します。しますがね……その慶長小判、どうして高山様が持っているのですか」

「ご先祖が上様から頂戴したものだ。古味殿も承知のとおり、うちは常に財政難だが、深川診療所などに寄付しておるからな」

「それで、ご先祖様のお宝に手をつけた……」

「毎度のことだ。蔵の中も空っぽだ。金はせっせと貯めてもすぐに消える。何か良い手立てはないか、古味殿」

「こっちが聞きたいくらいだ……では、掏摸の件で何かあったら、また」

古味は不満そうにジロリと平助を睨んでから、立ち去った。

その場に残った平助は申し訳なさそうに俯いて、

「ご迷惑をおかけしました……なんと言っていいか……」

「そんなことより、平助。この小判はどうしたのだ」

和馬が問いかけても、平助はただ困っている様子で、きちんと答えようとしなかった。すると、吉右衛門が間に入って、

「何があったのです。和馬様が珍しく、気を利かせて古味様を追い返しました。何か子細《しさい》があるようですが、私も手助けしますよ。悪いようには致しません」

「いえ、それが……」

相変わらずもじもじとしている平助だが、どうしても、女房が閻魔堂から盗んだとは言えなかった。十両盗めば首が飛ぶ。掏摸どころの話ではないと思ったのだ。だが、何か答えないと、この場は収まらないと思い、

「実は……その昔、私は両替商に奉公しておりました。ええ、本当の話です。日本橋の『大黒屋《だいこくや》』です。私が『寿屋』に婿入りしたとき、祝いにと、これを下さったのです」

「ご祝儀にですか。それは豪気な」

「はい。もちろん、当時の主人はもうおらず、継いだ主人も四十過ぎておりますが、

なんとか使える金に換えて貰えないかと頼みにいく途中だったのです」

「本当に？」

「ええ、本当ですとも。これは女房にも隠してまして、にっちもさっちもいかなくなったときにと……隠しておいたのです」

「そうでしたか。ならば誰にも遠慮することはありますまい。ですが……」

吉右衛門はなぜか、ためらいがちな口調になって、

「あなたが、そう言っても、慶長小判を持っているとは何かと厄介だ。たまさか、俸禄米を支払われたところで、金がありますので、うちで引き取りましょう。相場は十両。それに一枚、上乗せして如何です」

「そ、そうなのですか……」

「両替商なら手数料も取られますからな」

「ですね……はい。そうですか。ならば、有り難く……これは、本当にご迷惑ばかりで、申し訳ありません」

「いえいえ。その代わりといってはなんですが、しばらく中間として働いてくれますかな」

「はい。そんな、ありがたいことはありません。感謝致します」

恐縮しきりの平助だが、和馬も吉右衛門もその様子を見ていて、腑に落ちぬことばかりであった。まだ何か隠していることは見抜いていたのである。だが、平助は、このふたりが親切であることは、町中で評判だと知っているので、有り難く話を受け入れるのだった。

五

その頃——浅草寺《せんそうじ》雷　門《かみなりもん》近くにある蕎麦《そば》屋に、益蔵の姿があった。前には、益蔵よりも目つきが悪く、頬に傷のある中年男が酒を飲みながら、ひそひそと話している。

「なに、それは本当かい」

「へえ。この目で確かめやした。間違いありやせん。あの平助とお歌という夫婦は、俺たちのお宝を盗んだんでやすよ」

「俺たち……？」

「勝吉《かつきち》兄貴には前に話したでやしょ。深川閻魔堂は俺たち掏摸や盗っ人の隠れ家みたいなものでしてね、いつぞやある商家から盗んだ髑髏の壺を隠しておいたんです。時々、金に換えてやしたがね」

「それを盗られたってのか」

「閻魔堂の裏の祠に雷が落ちて、閻魔堂もちょいと燃えたんですがね、その翌日に見に行ったら、地下蔵から髑髏の壺が消えてたんでさ」

「…………」

「それで色々と調べてみたら、お歌らしき女が雨の中、閻魔堂近くにいたのを見た者がおりやしてね……平助とお歌夫婦には、実は少々、痛い目に遭ったことがあるので、こっちも顔をよく覚えてたんだ」

「痛い目ってのは……」

「あいつら元は大店の者らしいが、以前、上野広小路《うえのひろこうじ》で菓子屋をやってたんです。菓子屋っていっても、てめえで作らないで売ってるだけでしたがね、俺が客のふりをして店の金をネコババしようと思ったら、お歌に見つかって御用になったんでさ」

「随分と間抜けだな」

「へえ。でも、腹が立って意趣返しに盗みに入ったら、間違えて隣に入ってしまいやしてね。でも、その蔵に、あの慶長小判の入った壺があったんで戴いて、閻魔堂に隠しておいたってわけでさ」

「お歌って女はどうして、そこにお宝があると知ってたんだろうな」

「閻魔堂には元々、秀吉の財宝が眠ってるって噂があったんで、それで狙ったんでしょうが、まあたしかに他にも盗っ人が隠してる金はあると思いやすよ」

益蔵は色々と喋ってから、いま一度、周りを見廻してから、

「そこで相談です、勝吉兄貴……この夫婦が何処かに隠してるはずなんです。見つけ出して取り返してくれやせんか」

「なんだと。盗みなら、おまえの方が得意だろうが」

「でも、俺は面が割れてやすし、イザとなったら、ぶっ殺してもいいですから」

「おいおい。乱暴は御免だぜ」

「まさか……勝吉兄貴は睨まれただけで、刺してたじゃないですか。御礼は半分、差し上げやす。たしか、三十枚ほどあったので、少なく見積もっても三百両、もしかしたら千両。それだけあれば、借金を返しても随分と贅沢《ぜいたく》ができるってもんで。悪くねえ話でやしょ」

「本当か、おい……」

「どうぞ、よろしくお願い致しやす」

益蔵は丁寧に頭を下げたが、どうも腹が読めぬ男だと思ったのか、勝吉はすぐには返事をしなかった。ただ、賭け事で金に困っているのは事実だったので、気持ちは大

きく傾いていた。

そんな様子を——。

店の表から格子窓越しに、熊公がじっと見ていた。

何を話しているかまでは聞こえないが、勝吉が浅草寅五郎一家の幹部であることは承知している。悪事の相談だとしたら、さっきの慶長小判絡みであろうことは察しがついていた。逃げる直前に、「やっぱりッ」と益蔵が言ったのを聞き逃していなかったからだ。

「とんでもねえ奴が出てきたもんだ……こいつは一筋縄ではいきそうにねえが、事のついでだ。勝吉にもしばらく痛い目に遭って貰うとするか。世のため人のためだ」

と熊公はひとりごちていた。

深川の裏長屋では、平助とお歌が黙々と夕餉《ゆうげ》を取っていた。いつもなら喋りながら食べるために、よく舌を噛んでいる平助が押し黙っているのが、お歌には気持ち悪かった。

「なんだね、おまえさん……様子が変だよ」

「え、ああ……そうかい？」

「やっぱり髑髏が気になってるんだね」

「そりゃそうだ。薄気味悪いったらありゃしない。あんなのをよく『寿屋』初代は家紋にしていたものだな」

「その頃は縁起物。厄除けの意味があるし、髑髏は〝生まれ変わる〟という目出度《めでた》い柄だったと聞いたことがあるよ」

「だとしたら、店の再興も夢じゃないかもしれねえな」

「うふふ。そうだね……」

　ニッコリ微笑んだお歌はふいに立ちあがって、表戸の外を覗き見た。

「なんだ」

「ちょっとね……昼間から誰かにつけられていたような気がして……気のせいかね」

「持ち慣れねえものがあるから、落ち着かないんだろうよ」

　平助は飯をかき込んでから、

「そうだ。俺は正式に高山和馬様の中間になることが決まった」

「えっ。そうなのかい……」

　残念そうに俯いたお歌の顔を、まじまじと見て、

「どうした。嫌なのかい。おまえだって、普段どおりに暮らせって言ったじゃないか」

「でも……」

「なんだ。高山様たちは親切だぞ。自分のことよりも他人のことを考える人たちだ」

「そうかしら。私、なんだか居心地が悪いんだよね、あのふたりを見ていると。絶対何か裏があるって感じ。そりゃ、いい噂ばかりだよ。だから余計に……」

「まあ無理もない。嫌な思いを沢山してきたからな。でも、あのふたりに限って……その証《あかし》に、中間にしてくれた上に、慶長小判を十一両に替えてくれた。祝儀代わりにな」

さりげなく言ってしまった平助に、お歌は目尻を吊り上げて、

「ちょいと、おまえさん！　あの髑髏の話をしたのかい！」

と卒倒するような声を出した。

「いやいや、してねえよ」

「だったら、どうして、そんなことをッ」

「ええと……掏摸にあって、そしたら古味って町方同心が助けてくれて、そんでもって高山様と知り合いで……いや、どうでもいいけどよ、髑髏の話は一切してねえ。慶長小判は、俺がその昔、両替商から貰ってたことにして、その……」

しどろもどろになって、平助は壁際に腰をずらしながら逃げていた。お歌は近くに

あった箒《ほうき》を手にして振り上げると、

「おまえさんて人は……それで博奕でもするつもりだったんだね。だから隠しておきたかったんだよ。せっかく神様がくれた髑髏を、無にしたっていいのかい」

「――す、すまねえ、お歌……別に博奕なんかするつもりは……勘弁してくれ。そうじゃなくて、せめて少しくらいおまえに綺麗な着物着せて、美味《うま》い物を食わせてやりてえと……」

「私が〝稼いだ〟お金だよ。まったく、もうおまえさんて人は！」

お歌はバシッと箒を叩きつけたが、平助には当てずに壁を打った。そのとき、「うわっ」と表で驚いた声がした。

とっさに、飛び出たお歌は木戸口の方に逃げていく人影を見た。

「!?――まさか聞かれたんじゃ……」

みるみるうちに不安になったお歌は、しっかりと心張り棒を閉め直して、

「もしかしたら、誰かに気づかれたのかもしれない……おまえさんが余計なことをするからだよ。悪事千里を走るっていうからね、きっと閻魔様が見てんだ」

「だって、閻魔堂から盗んだんだろうがよ」

「あ、そうか……でも、そんなに悪いことかい？　私たちは身を粉にして働き、世間

様にも随分と役に立ってきたと思うがねえ。死ぬ前に少しくらい、いい思いをしたっていいじゃないのさ、ねえ」

「えっ……誰が死ぬんだ」

「誰がって、おまえさんに決まってるじゃないか」

「…………」

「冗談だよ。お互い五十の坂を超えた。人生五十年、いつ何があってもおかしくない。おまえさんなんか、病と一緒に生きてきたようなものだからさ。私だって、いつポックリ逝くか……」

「縁起でもないことを言うんじゃないよ」

「だからね。黄金の髑髏で少しくらい、いい思いをしてもいいだろ」

お歌は何かを決心したように、茶簞笥から髑髏の壺を取り出して、愛おしそうに撫でながら、子守歌のような声で、

「そうだよね……私たちをずっと見守っていてくれたんだよねえ……うちの家紋と同じなんだもの。ねえ……」

と囁きかけるのであった。

気味悪そうに平助は見ていたが、翌朝になると別人のように化粧をして、一枚しか

ない絹の着物を身に纏《まと》って、お歌は颯爽と町中を歩いていた。

富岡八幡宮《とみおかはちまんぐう》近くにある両替商『近江屋《おうみや》』に入るなり、お歌は持参した黄金の髑髏を主人の安右衛門《やすえもん》に見せた。

端布を取った瞬間、安右衛門は胸に手を当てて悲鳴を上げそうになった。が、落ち着いて見直して自ら手にし、

「これは立派なものですな……」

「さようですか。それよりも、中身をご覧下さいましな」

お歌が懸命に蓋になっている頭を開けると、中に慶長小判が入っているのが見えた。

安右衛門は一瞬にして分かり、

「またまた凄い……これは如何《いかが》したのですか、奥方様」

「奥方様ってほどじゃありませんがね。ズバリ、お訊きしたいのですが、これなら幾らで引き取って下さいますか」

「そうですねえ……」

安右衛門は慶長小判の一枚一枚を手に取って、肌触りを確かめたり、光に当てたり、歯で噛んだりしてから、輝いたような顔になって頷いた。きちんとお歌に向き直り、

「これは本物です。金をこれだけ使っている小判は、今時、作れますまい」

ここだけの話をすることになっておりますが、……」

「実は……奥方様なら耳に入っているかもしれませんが、来年、幕府は貨幣の改鋳《かいちゅう》をすることになっております。もちろん金座後藤が作るのですが、ここだけの話……」

他に客はいないものの、安右衛門は少し声を落として、

「金や銀の割合を落とすのです。仕方がありますまい。この不景気で、国中の金銀が異国に流れるご時世。しかも、鉱山が掘り尽くされたともいわれています」

「そうなのですか？」

「だから、こうした本物の小判は値打ちがあります。後藤家が引き取って、鋳直《いなお》す際に金だけを取り出して、延べ棒のようにしておくかもしれませんしね。金というのは、いつの世も貴重ですから」

「さようですか。で、いくらで……」

お歌が急《せ》かすように尋ねると、安右衛門は帳場の方へ行って、番頭に何やら囁いた。しばらくして、番頭が程村紙《ほどむらがみ》に包んだ小判を持ってきて、お歌の前に置いた。開けて見ると、そこには小判が十枚だけあった。お歌はまじまじと見て、「これは手付け金……ですか」

「まさか。全額です。ご覧のとおり十両で買い取らせていただきます」

微笑む安右衛門の顔をポカンと見ていたお歌は、俄《にわか》に苛《いら》ついた表情になって、

「冗談ですよね、ご主人。これは慶長小判ですよ。一枚十両は下らない。闇の相場なら、三十両、五十両と聞いています。ごらんのとおり三十枚……いえ、二十九枚ありますから、最低でも三百両ほどは欲しいんでね」

「三百両⁉――あはは、アハハハ」

安右衛門は大笑いしてから、俄に真顔になってお歌を見た。

「奥方様。そんな美しい顔をしているのに、心の中は小汚いのですね。人の足下を見てはいけませんよ」

「足下を見ているのは、そっちだろうがッ」

まるで本性が出たかのように、お歌は床を叩いて声を荒らげた。

「この慶長小判は、今の小判の十倍の金で作られてるんだよ。一枚一両にもならないってのは、あまりにバカバカしくて、話にもならないじゃありませんか」

「何か勘違いをなさってますねえ……たしかに本物ですし、金もかなり含有してます。しかし、これで買い物ができますか？　どこで使えます？　後藤家に渡しても、綺麗に洗浄し、金だけを取り出すのにはかなりの日数と手間賃がかかります。それらを差

っ引いたら、十両どころか五両にもならないでしょう」

滔々と安右衛門が言うのを、お歌は圧倒されて聞いていた。

「それにね、奥方様……小判よりも、こっちの髑髏の陶器の方がお値打ちですよ。これだけ金塗りを施した陶器はなかなかない。それを含めての値段です」

「分かりましたよ。他の店を当たります。なんなら、後藤家に直に届けた方がよさそうですね。あなたに売っても、どうせ後藤家に高く売りつけそうだから」

お歌はフンと言って、髑髏の壺に端布を被せて抱え込むと表に出ていった。後ろを振り返って、「この強欲やろうめが」と吐き捨てて表参道《おもてさんどう》を永代橋《えいたいばし》の方に向かった。何処か他に当てでもあるのであろうか。

その後ろを──勝吉が尾《つ》け始めたのを、お歌はまったく気づいていなかった。

六

しかし、何軒、両替商を廻っても交換額は似たようなもので、三百両や五百両という大金には到底、及ばなかった。一瞬、十両でもいいかと思ったが、
──いやいや、それなら高山様に頼めばいい。なにしろ、亭主には一枚、十一両で

引き取ったのだから。

と思い直し、後藤家に直談判してみようと足を向けた。

常盤橋《ときわばし》門前にある金座後藤家に来たものの、突然の来訪者は〝門番〟に追い返された。御用金を作る家柄ゆえ、立派な武家屋敷のような海鼠塀《なまこべい》で威厳があり、出入り口には番人が出入りの者を注意して見ているのだ。

その昔は、何度か訪ねたこともある後藤家だが、今や物乞い扱いである。だが、慶長小判を一枚渡し、

「ご主人にこれを買って貰いたいと、伝えて欲しい」

と頼むと、番人も驚いた。

報せで、すぐに屋敷から番頭が出てきた。でっぷりと肥えた四十絡みの男で、目を細めて人を見る癖があるのか、嫌味《いやみ》な感じである。だが、すぐにお歌を客間に招いて、番頭は猪兵衛《いへえ》と名乗った。興味深げに黄金の髑髏を眺めながら、

「あいにく主人の三右衛門《さんえもん》は留守にしていますが、なるほど……これは立派なものでございますな。疑うわけではありませぬが、真偽を確かめたいので、預からせて貰ってよろしいですかな」

と言って、お歌の顔をチラリと見た。

「それは構いませんが……まさか、こっそり取り上げるつもりじゃないですよね」

疑り深いお歌の言い草に、猪兵衛は首を横に振りながらも、

「とんでもございません。でも、これはあなた様のものでございますか」

「え、ええ……そうですが、何か……？」

「失礼ですが、誰かに譲られたとか、そういうものでございましょうか。いえね、ふつうの売買などでは出廻ってはいないものですから……それと、何処のどなたか、お名前をお聞かせ下さいますでしょうか」

猪兵衛はずっと人を見下《くだ》したように見ながら、慎重な口振りで言った。

「――お歌といいます」

「お歌さん……どちらのお内儀様で」

「私は……京橋にあった『寿屋』という呉服問屋の娘です。今は訳があって、深川の方におりますが……」

言いかけたお歌に、猪兵衛は露骨に小馬鹿にした笑みを浮かべ、

「はい。私も少々、存じておりますが、大昔に火事でなくなりました。その娘さん……あはは、そうでしたか。で、今は何を……」

と、まったく信じていない様子だった。その面構えをまじまじと見ていたお歌は、

アッと指さして、

「猪兵衛さんと申しましたかね……もしかして、猪吉《いきち》さんじゃないかい。私が婿を貰った頃はまだ十二くらいの小僧だった」

「えっ……」

「小さな体で、猪吉の猪とは大違い。いつも青洟《あおばな》を垂らして、手代の仙蔵《せんぞう》さんでしたかね、ひょろりと背の高い、あの人によくからかわれていた……あの猪吉さんかい」

お歌は懐《なつ》かしそうに手を叩いて笑ったが、相手は傍《かたわ》らの髑髏のように不気味そうな顔をするだけだった。

「へえ、そうなんだ。あの小僧が番頭さんに……しかも、猪のようにでっかくなって……いやあ、見違えましたよ……お歌ですよ。その頃は絵草紙に出るような美形だって評判だったんですけれどねえ。覚えてない？」

「まったく……」

「引く手数多《あまた》だったのに、一番駄目な男を婿にしたばっかりにさ……そうかい。でも、良かった良かった、立派になって、まあ」

あまりに親しそうにしてくるお歌を、却《かえ》って怪しんでいるところに、古味と熊公がズケズケと入ってきた。

「この女か、怪しい髑髏を持ってきたってのは」

開口一番、古味が声をかけた。お歌が吃驚して振り返ると、熊公はずっとつけていたのであろう、いきなり十手を突きつけ、

「平助の女房だな」

と言った。

「あ、はい……それが何か……」

「とにかく、そこの大番屋まで来て貰おうか。子細を聞きてえ」

「お、大番屋……!?」

いきなり吟味されるような所に連れていかれることに、お歌は吃驚した。

「——わ、私が一体、何を……」

そうは言ったものの、閻魔堂から盗んだのは事実だから、ビクビクしていた。

「おまえは、あちこちで慶長小判を金に換えようとしていたようだが、金座後藤家に〝返し〟にきて正しかったぜ」

「えっ……」

「この黄金の髑髏は、昔、後藤家にあったものだ」

「えっ……ええ!」

「おまえが持ち込んだら、すぐに番頭が気づいて、奉行所に使いを寄越したんだ。天《てん》網《もう》恢《かい》々《かい》なんとやら。観念するんだな」

「ち、違います。これは……」

「だから、話は大番屋で聞こう。どうやら、浅草寅五郎一家に出入りしている奴らとも、関わりがありそうなのでな」

「な……なんの話です……」

困惑するお歌を睨みつける熊公の横では、やはり古味が忌《いま》々《いま》しげな態度で、

「しかも、一筋縄ではいかない吉右衛門までが絡んでいるようなのでな」

「き、吉右衛門……あのご隠居さんの」

「旗本まで丸め込んで、騙《かた》りでもするつもりなんだろうが、とにかく来て貰うぞ」

お歌はとっさに立ちあがって逃げようとしたが、すぐに熊公の太い腕に抱き寄せられた。あまりの強さに抗《あらが》うことをやめたが、

「――なんだい、なんだい。こっちは懐かしさのあまり、まだご健在の後藤様の顔でも拝もうと思ったのにさ……なんとか言って下さいな、洟垂れ小僧の猪吉さん」

と悪態をついた。

だが、猪兵衛は困ったように口を窄《すぼ》めるだけで、お歌は古味と熊公に、縄こそかけ

られないが連れ去られるのであった。

浅草の寅五郎一家は、何度もお上に叩かれ潰されそうになったりしたが、しぶとく生き抜き、今も浅草寺の伝法院《でんぽういん》近くに居を構えて、羽振りをきかせていた。

とはいえ、近頃は、北町奉行の遠山左衛門《とおやまさえもんのじょう》尉の締め付けが厳しくなり、隠し賭場《とば》などは悉《ことごと》く始末されてしまった。それでも、芝居小屋や水茶屋、門前の出店から、祭事の折の香具師《やし》などとも繋がりがあって、結構な稼ぎを得ていた。

だが、一家を支えるためには、子分たちからの〝上納金〟も必要である。それゆえ、勝吉も、益蔵が持ちかけてきた慶長小判を横取りしようとしたのだが、妙な塩梅になってきたので様子を見ていた。

浅草の寅五郎の居室には、大きな神棚があって、床の間には天照大神《あまてらすおおみかみ》の掛け軸も飾られている。

その前の箱火鉢にもたれかかるようにして、寅五郎は恐縮して座っている勝吉に野太い声をかけた。寅五郎は鬢《びん》から顎にかけて、濃い髭《ひげ》を生やしており、いかにもやくざ者の親分という風貌だった。

「――で、慶長小判は一枚も持ってくることができなかった……ってわけか」

「申し訳ありやせん。親分に期待させちまったのに……」

「しかし、北町の古味のやろうが調べてるってことは、何か曰《いわ》くがあるんだろうぜ。下手に関わらない方がいいかもしれねえな」

「ですが、鴨葱《かもねぎ》みたいなもんですからねえ……頃合いを見て、益蔵に盗ませまさあ」

「まあ、そう慌てるな」

「でも上納金が……」

「おまえは喧嘩の時に役に立ってくれりゃいいんだよ。それより……実はな、慶長小判よりもっといい話があるんだ」

おっとりした声だが、ポンと煙管《きせる》を叩いて、

「天正《てんしょう》大判、甲州《こうしゅう》金をあちこちから集めて、もう数百枚はある」

「えっ。そうなんですかい」

「俺はそれらを金に換えたいわけじゃない。ちょいと裏があってな……まだおまえには言えねえが、ある御公儀の偉い人からの話だから、出鱈目《でたらめ》じゃあるめえ」

欲深げな目つきになった寅五郎を、勝吉は上目遣いで見ていたが、儲け話であることは間違いあるまい。

「天正大判てのは知ってのとおり、豊臣家が後藤家に鋳造させた大判で、徳川の治世

になっても、元禄《げんろく》の昔までは、慶長大判、小判とともに使われていた」

表面の真ん中には『拾両後藤《じゅうりょうごとう》』や作られた年が墨書《ぼくしょ》されている。菱枠《ひしわく》の桐極印《きりごくいん》が打たれており、〝菱大判〟とも呼ばれていた。記されているとおり元々は十両の値打ちがあるが、今ならその十倍はする。

「武田《たけだ》の甲州金もそうだが、金がギッシリ詰まっているから、もっと値打ちがある。そこで、幕府内ではこの大判小判を集めて、鋳直そうという話が出ているらしい」

寅五郎の言葉に、お歌が初めに入った両替商が言っていたことを勝吉は思い出した。盗み聞きしていたのである。

「天正大判てのは、ぜんぶで十万枚ほど出されたそうだが、多くは武家が金の延べ棒の代わりに隠し持っているのだろう。そこで、俺たちに、あちこちから探し出せってお達しがきてるんだよ」

「お達し……誰からでやす？」

「だから、それはまだ言えねえ。とにかく、天正大判や慶長大判や小判、甲州金などを集めて、その御仁《ごじん》に渡せば、しかるべき所を通して金座で、金に戻すそうだ」

「金に戻す……」

「その幾ばくかは、新たな貨幣の中に混ぜるが、残りは金の延べ棒にして、幕府の蔵に収めるという考えだろう。どうせ、そのうち懐《ふところ》にする寸法だろうがな」

「——てことは、親分は集めたものを……」

「ああ。今あるだけでも、その御仁に渡せば千両や二千両になる。だから、おまえもめぼしいものがあれば、持ってくるがいい。ただ……厄介なのには手を出すな。下手な揉め事に関わったら、せっかくの儲け話が立ち消えになるからな」

慎重な面持ちになる寅五郎に、勝吉は素直に頷いて、

「さすがは親分……俺の稼ぎ話なんざ、微々《びび》たるもんでやしたね。ですが、こういっちゃなんですが、お上《かみ》ってなあ、俺たちやくざ者を利用するだけして、後は知らんぷり」

「…………」

「親分が信じている御仁とやらが誰かは知りやせんが、油断しない方がよろしいですよ。あっしも色々と痛い目に遭ってきやしたんで、へえ……ささやかなご忠告です。あ、これは、余計なことを言いやした」

と謝ったが、寅五郎の方もむろん百も承知だと苦笑いするのであった。

七

南茅場町《みなみかやばちょう》の大番屋に連れてこられたお歌は、吟味方与力の藤堂逸馬《とうどういつま》が立ち合いのもと、手にしていた慶長小判について、古味から質問攻めにあっていた。

後藤家から、一枚だけ預かってきた慶長小判を藤堂に見せながら、

「あの黄金の髑髏は、何処から手に入れたのだ、お歌」

と古味は詰め寄った。

「おまえの亭主も金に換えようとしたが、高山様から預ったというのも出鱈目だったようだな。金座後藤家のものだったのだから」

すっかり萎《な》えてしまったお歌は、深い溜息をついて、

「つくづく、ついてないねえ、私は……人間、生まれて死ぬまでトントンというけれど、私は赤ん坊から結婚するまでは、この世の花とばかりに幸せだった。やっぱり、亭主選びが間違ったかねえ……」

「人のせいにするんじゃねえよ」

いつも他人のせいにする古味らしくない言い草で、お歌の前に十手を突きつけ、

「盗んだのだな。何処からだ」

「………」

「正直に言えば、今なら罪人になるのだけは勘弁してやる。後藤家に戻ったのだし、高山様にも後で話をつけて返して貰う」

古味に誘導されて、お歌は渋々、雨の日の閻魔堂の話をした。他人様の屋敷や蔵に押し込んだ訳ではないから、罪の意識は薄かったが、素直に謝った。運良く運び出すことはできたが、下手をしたら隧道は崩れ落ちて生き埋めになっていたかもしれない。

「直後に落雷があったのだから、運がいいぜ。ついてないなどと言うもんじゃない」

慰めるように言ってから、

「素直に白状したから、帰っていいぞ。二度と悪い気を起こすんじゃねえ。亭主とまっとうに暮らしていくんだな」

と古味は追い返そうとした。強引に連れてきた割にあっさりと許したのは、吉右衛門から、お歌が元は『寿屋』の娘だと聞いていたからである。しかも平助は病がちで、金が必要だということに同情し、慶長小判を交換したのも大目に見ていたのだ。ただし、吉右衛門が小判を後藤家に返すというのが条件だった。

藤堂も罪には問わないと認め、お歌は何事もなく解き放たれたが、すべてが無駄骨だと思うと、我ながら情けなくなった。

——やはり、悪いことを考えちゃいけないんだ……お天道様は見ているのかねえ
……それにしても、ついてない。

しょぼくれて一石橋《いっこくばし》を渡り、家に帰る足取りも重いお歌の側を、スッと風を切るように走って追い越す侍がいた。

振り返ると、まだ十七、八歳の若侍だった。何処の誰かは分からないが、手っ甲脚絆《てっこうきゃはん》の旅姿である。なかなかの男前だった。年甲斐もなくお歌は、胸がキュンとした気がしたが、

「馬鹿だねえ……自分が何歳だと思ってんだい……」

と呟いた。

若侍は何度も振り返っている。もしかして、私の美貌が気になるのかしらと、また妄想した。だが、そうではなく、若侍は誰かから追われているようだった。

お歌も振り返ってみると、同じような旅姿の侍が数人、土煙を立てて走ってきていた。どんどん追いついてくる。

よく見ると若侍は片足を少し引きずっている。すでに負傷している様子だった。

「待て、沢島《さわしま》！　逃げても無駄だ！」

近づいてくる侍集団のひとりが叫んだが、若侍はひょいと曲がって路地に隠れた。

思わずお歌も駆け込むと、そこには若侍がしゃがみ込んでいた。見ると足首には血が流れており、苦しいのか脇腹辺りも押さえている。

飛び込んできた侍数人の頭目格が抜刀すると、他の者たちも今にも斬りかからん勢いで迫ってきた。

「どけ、婆ア！　怪我をしても知らぬぞッ」

いきなり婆ア呼ばわりされて、お歌は頭にきて、

「なんだい。寄ってたかって、こんな若い侍をいたぶるとは、私が許さないよ」

「死にたくなきゃ、どけ」

「なにさ。こちとら江戸っ子だい。斬れるものなら斬ってみな。金もすっからかんだし、もう生きる望みもないよ。さあ、煮るなり焼くなり好きにするがいいさ」

やけっぱちな言い草に、相手は一瞬、吃驚したものの、頭目格は簡単にお歌を足蹴にして、切っ先を若侍に突きつけた。

「沢島……貴様、よくも殿を裏切ったな。当家の埋蔵金、いや先祖代々からの財宝を横取りするとは由々しきこと。何処に隠したッ。さあ、白状するがよい」

「し、知りません、若松様《わかまつ》……私は本当に何も……」

「往生際が悪い奴め。吐かぬなら、この婆アを殺すぞ。それでも、いいのか」

若松と呼ばれた頭目格は、切っ先を倒れているお歌の方に向け直した。

「わ、私……？　見も知らぬ私を殺しても、この若いお侍さんにとっては、痛くも痒くもないと思いますがね」

「今し方、さあ好きにしろと言うたではないか」

「だけど……」

「こいつは領内一の臆病者でな、人が死ぬのを見るのが大嫌いなのだ」

「そんなの誰だって嫌でしょうね」

お歌が思わず言い返す、その喉元に若松の刀の切っ先が触れた。とっさに沢島という若侍は哀願するように、

「や、やめて下さい……この方は何の関わりもありません。ただの通りすがりです」

「そうだよ。通りすがりだよ」

繰り返して言うお歌を、若松はギロリと睨みつけ、

「苛つく婆アだな。無礼討ちに致す。望みどおり死ぬがよい」

と斬ろうとしたとき、ヒュンと扇子《せんす》が飛んできて若松の目に当たった。

「⁉——誰だッ」

振り返ると、路地の入り口に吉右衛門が立っている。

「真っ昼間から物騒なことですな」

「婆アの次は爺《じじ》イか」

若松は目元を押さえながら、吉右衛門を睨みつけると、他の者たちが身構えた。だが、悠然と吉右衛門は近づいてきて、

「大丈夫ですかな、お歌さん……大番屋に連れていかれたと思ったら、今度は人殺しに遭遇ですか。ついてない時は、とことんついてないですな。ま、そんな日もあります」

「何の話をしておる、爺イ」

切っ先を向ける若松の前に、吉右衛門は恐がりもせず来て、

「人のことを悪《あ》し様《ざま》に爺イだの婆アなどとはいけませんな。おまえ様もすぐに年寄りになりますぞ、あっはっは」

「下らぬ。老いぼれめが、少し痛い目に遭わせてやれ」

苛ついて若松が命じると、手下の侍たちが吉右衛門に摑みかかろうとした。が、氷の上で滑《すべ》ったかのように、侍たちは背中から倒れた。目にも止まらぬ早さで、吉右衛門が軽く足掛《あしが》けをしたのだ。

「!?——爺イだと思って、容赦せぬぞ」

若松もカッとなって斬りかかったが、吉右衛門はその肘《ひじ》を摑んで逆手《さかて》に折り曲げた。

グキッと鈍い音がして、若松の腕はだらりと下がり、刀を地面に落とした。

「痛い……痛い、痛い……」

悲痛な声をあげてしゃがみ込む若松に、吉右衛門はニコリと微笑みかけて、

「でしょうとも。少しは人の痛みが分かりますかな。ましてや刀で傷つけるとなると、取り返しのつかぬことになりますぞ」

と拾い上げた刀を投げた。思わず避けた若松だが、その鞘にスポンと入った。

「おお！　こりゃ珍しや。何千回稽古しても入ったためしはないのだが、はは、偶然とはいえ嬉しいものだ」

若松は驚いて目を丸くしている。

「どうせなら、心の臓にめがけるべきじゃったかのう、あはは」

戦意を失った若松は這うように、通りに向かって逃げ出した。手下たちも若松を追って退散するのであった。

若侍は足や脇腹に怪我をしているので、吉右衛門は駕籠《かご》を仕立てて、深川診療所ま

で運んでやることにした。何か深い事情がありそうなので、それを聞くためでもある。

心配そうに、お歌も同行した。息子ほどの若侍のことが気になったのだ。

「お歌さん。あんたも人を庇うということをするのですな」

吉右衛門が微笑みかけると、

「ど、どういう意味ですか。まるで私には冷たい血が流れてるとでも……」

「そこまでは言わぬが、亭主にも優しくしてあげなさい。それが、あなたの人生をも変えるのですからね」

意味ありげなことを言う吉右衛門に、お歌は一瞬、ムッとなり、

「してますよ。ご隠居さん、言っていいことと悪いことが……まあ、いいです。助けてくれてありがとうございました」

と一応、礼を述べた。

深川診療所の〝賑わい〟を見て、若侍は目を輝かせ、

「ここは、ご隠居さん……」

「古寺を借りて、小石川養生所《こいしかわようじょうしょ》のように無料で、病人を診ているのです。藪坂甚内という奇特な儒医《じゅい》がな」

「儒医……？」

「はい。儒学者と同じくらい学問に秀でており、尚かつ、医学鍛錬をした人が、尊敬の念を込めて儒医と呼ばれています」

寛政《かんせい》年間、幕府は医学館を作り、元和《げんな》年間には尾張《おわり》藩が医師の免許制度を設けたものの、まだ現代のような〝国家試験〟はなかった。それでも、会津《あいづ》や彦根《ひこね》、福井《ふくい》などでは、道徳と倫理を併せ持った医学を学ぶ医学館が次々とできていた。

「実は私は、陸奥《むつ》会津藩の藩校、日新館《にっしんかん》にて医学を学んでいる、沢島孝之介《こうのすけ》という者です。挨拶が後になり申し訳ありませんでした」

「ほう。日新館に……そこでは本道、外道はもとより小児、婦人を始め、感染症の痘《とう》瘡《そう》や本草学などの専科を設けて、それぞれが密に繋がって医術の実践を学べるそうですな」

「はい。京《きょう》や長崎《ながさき》に行く余裕がない、私のような下級藩士には有り難い藩校です」

「さようでしたか。では、会津藩八代目当主の松平容敬《まつだいらかたたか》公の御家来ということですな。

松平容敬は藩政改革によって民政を良くしていて、少し病がちだと聞いたことがあるのですが」

藩政のためにお忙しくしていて、少し病がちだと聞いたことがあるのですが」

さらには江戸湾や房総《ぼうそう》の軍備のための、藩の出費はかなり重かった。だが、藩内の殖産を奨励し、新たに市場を統制したりして、財政を立て直していた。容敬は、幕末の重要人物である松平容保《かたもり》の養父である。

「あ、いえ……私は殿のお目にかかれるような立場ではございませぬ」

「そうですか。では、江戸家老の内藤監物《ないとうけんもつ》様はご存知ですかな」

「はい。江戸上屋敷にて一度だけ、ご挨拶をしたことがありますが……ご隠居様は、殿や御家老と何か縁があるのでしょうか」

「いや、そうではないが、私の主君も一応、徳川家旗本の端くれでしてな。小耳に挟んだ程度のことでございます。それより先程、あなたを襲ったのは、同じ会津藩のご家中の方なのですかな」

「はい。そうです……」

と答えたものの、沢島は詳しくは語りたくなさそうだった。

そこに、「遅くなりました」と藪坂甚内が来て、すでに手当てをしている見習い医師と交替した。儒医と聞いていたので、沢島はさぞや高徳な雰囲気だと思っていたが、どちらかといえば無頼な感じがする。

「何か顔についてますかな」

藪坂は愛想笑いもせず、足の踝《くるぶし》と脇腹あたりを見ながら、

「足首にヒビは入っていないようだな」

と強く押さえると、沢島は痛みを我慢をしていたが思わず顔を顰《しか》めた。

「転倒して怪我をしたのではなく、槍か何かで打たれたのか、血が出て腫れておるが、しばらくかかりそうだな……脇腹の方もわずかに斬られているが、深傷ではないものの、広がらぬうちに縫っておいた方がよかろう」

話して適切に処置を施そうとした藪坂に、沢島は感服したように、

「おっしゃるとおりです。ご隠居の吉右衛門さんに助けられなかったら、殺されていたと思います。私は剣術は苦手《にがて》なもので……」

と言った。

すると藪坂は表情を硬くしたまま、

「武士のくせに剣術が苦手とは、医者なのに診察や執刀ができぬと言うのと同じこと。自慢話にはなりませぬな」

と、にべもなく言った。

吉右衛門は若侍を庇うかのように、日新館で医学を学んでいることを伝えたが、

「近頃は、侍は嫌で医者になりたいという者が増えた。うちにもいるが、動機や心がけが曖昧ではどうせ、ろくな医者にはなるまい。御殿医にでもなって、せいぜい名声を挙げて金を稼ぐがよろしかろう」

と皮肉めいたことを言って、施術はすぐにするからと、若い医者に命じて、診察室の奥に運ばせた。啞然と見送っているお歌に、吉右衛門は苦笑して、

「藪坂先生は愛想の良い方ではないが、いつもと態度が違うのは、侍同士の喧嘩が大嫌いだからだろう」

と話した。

だが、そのことよりも、吉右衛門について気になることがあるようで、

「――ご隠居さん……あなたは一体、どういうお人なのですか」

と、お歌は不思議そうに見やった。

「まるで会津の殿様や御家老を知っているような口振りでしたが、本当は何かあるのでしょうか、私たちに……」

「私たちに……？」

「だって、先程、助けてくれたのも、たまさかのこととは思えません」

「いや、たまたまです」

「私が大番屋に連れていかれても、解き放たれたのは、ご隠居様の配慮があったからと、古味様に聞きました。その前に、掏摸にあった亭主を助けてくれて、慶長小判を使えるお金に換えてくれ、高山家の中間として雇ってくれて……どうして、そこまで

して下さるのです。私たちに何があるのです」

「別に何もありませんよ」

「でないと、得にもならないことをするわけがない……」

相変わらず、お歌は人を信じられない様子で、吉右衛門をじっと見つめ、

「そういえば、あの男前の若侍にも、我が藩の財宝を横取りしたのどうのこうのと、襲ってきた者たちが話していました。殿を裏切ったな、などとも……もしかして、私たち夫婦までが何かに巻き込まれているのではないのでしょうねえ」

と不安げになった。

「さあ、どうでしょうかね。黄金の髑髏を盗んだことが、あなた方夫婦にとって凶と出るか吉となるか……見物ですな。うほほ」

吉右衛門はからかうように笑った。それが本当なのか冗談で言っているだけなのか、お歌は身震いするほど不安になっていった。

第二話　金の舞扇

一

会津藩江戸上屋敷は、大きな石垣に囲まれた和田倉御門《わだくらごもん》内にあり、一万坪近い広さに豪壮な構えは格別であった。

ここは〝蔵の御門〟とも呼ばれているとおり、徳川家康が江戸入封《にゅうほう》した頃は、蔵地であった。ゆえに、江戸城に出仕する大名職の老中や若年寄、千石以上の旗本だけが通ることを許されていた。

今は埋め立てられた町が広がっているが、その昔は、日比谷《ひびや》の入江が目の前にあった。海に面した蔵地であることから、和田倉門と称されたという。

まさに会津藩は江戸城の御蔵番ともいえる家柄である。初代藩主の保科正之《ほしなまさゆき》は、三代将軍の異母弟で、領国においては特産物の漆《うるし》や蠟《ろう》で儲けたり、〝社倉法《しゃそうほう》〟を作って領民たちを飢饉から救った名君として知られている。

その手腕は江戸でも発揮され、玉川上水《たまがわ》を開削して、掘り井戸では海水しか出てこない江戸の町を豊かな水で潤した。百万人の江戸の人々が暮らせているのは、初代会津藩主のお陰といっても過言ではない。保科家は、御三家に次ぐ家門であり、三葉葵も認められている。

まさに江戸城内にある上屋敷を任されているのは、江戸家老の内藤監物で、会津藩代々の家老職を担った家柄の当主である。

だが……江戸城中のいわば将軍の懐《ふところ》の中で、ちょっとした異変が起こっていた。

恰幅が良く壮健そうな家老・内藤監物の前で、若松が控えていた。沢島孝之介を襲った一団の頭目格である。会津藩の家臣だが、まだ青年のような顔だちの内藤に比べて、若松の方が老獪《ろうかい》に見える。しかし、額を床につけるほど平伏していた。

「失敗では許されぬぞ、若松……」

「申し訳ございませぬ。妙な爺イと婆アが邪魔に入り、取り逃がしてしまいました」

「爺イと婆アだと？」

「それが、婆アはともかく、爺イの方は妙に腕が立つ奴で、年は古稀《こき》くらいだと思いますが、武術の腕前はかなりだと……」

「おまえたち、会津藩の腕利きが五人もいたのにか」

「はい。不肖《ふしょう》、この若松富十郎《とみじゅうろう》、一生の不覚でございました。しかし、ご家老、ご安心下さいませ。沢島の居場所は分かっております。深川診療所にて怪我の手当てをしておりますれば」

「なんと深川診療所……」

内藤は厄介だなという顔つきになった。

「如何なされました、御家老」

「その診療所は、人々の善意で成り立っているとはいえ、町奉行所も肩入れしている所で、小石川養生所みたいなものだ。しかも、藪坂甚内は気骨の医者だ。あまり関わりとうない」

「大丈夫でございます。すぐに出て参りますでしょうし、場合によっては乗り込んで、例のことを吐かせます」

「ふむ。大丈夫です、か……その言葉、何度聞いたものかのう」

「申し訳ございません」

「その申し訳ございません、もな……しばらく見張るだけにしておけ。下手《へた》なことをして、北町奉行所の遠山が乗り出してきたりすれば、余計、厄介なことになるからな」

「承知致しました。ですが、天正大判の在処《ありか》だけは、必ずや突き止めますので……その前に、邪魔をした爺イも事と次第では始末しとうございます」

「つまらぬ年寄りなど捨て置け」

「いや、それが……」

若松は簡単に追っ払われたのが、よほど悔しかったのか、手下の者たちに密かに尾行させて調べさせたところ、小普請旗本の家中の者だと分かったと報せた。

「小普請旗本……」

「はい。高山和馬という二百石の小身で、まさに無役の能なしでございます」

「聞いたことがないな」

「でしょうとも。これは噂に過ぎませぬが、自分の家禄を貧しい人々に分け与えているとか。殊にその深川診療所に」

「――ふむ。少し気になるな……」

「はい。そんな奇特なことをする奴が幕臣にいるとは思えませぬ。遠山左衛門尉の深川屋敷とも近いし、目付のようなことをしているのではないか……とも思えます。

色々と調べてみると、これまでもチラチラと高山の名は出てきておりますので」

用心深げに若松が話したとき、「ご家老様。お呼びでございますか」という女の声があった。声をかけると、障子が開いた。廊下に控えていたのは、うら若い御殿女中であった。細面の色白で、儚《はかな》げな目をしている。内藤は女に向かい、

「沢島の奴め、江戸に来て早々、お結《ゆい》……おまえの顔も見ずに逃げおった」

「えっ……！」

お結は吃驚して目を見開いた。江戸に来るとは聞いていたが、まさかもう上屋敷に現れたとは知らなかったからだ。

「許嫁《いいなずけ》のおまえに顔向けができぬことをしてしまったのだ」

「孝之介様が……まさか」

「おまえに頼みがある。若松と一緒に、深川診療所に行ってくれ。そこには沢島がいるらしいから、例のものを受け取ってくるがよい。おまえなら、気を許すであろう」

「例のもの……」

首を傾げるお結に、内藤は俄《にわか》に鋭い目で睨みつけ、

「おまえは仮にも姪《めい》っ子だ。儂の妻の異父兄弟の娘であるからということで、江戸屋敷にて雇ってやっているのだ。国元では幼馴染みだった沢島を家臣にしてやったのも、

この儂だというのを忘れるなよ」

「もちろん感謝しております」

「にも拘《かか》わらず、沢島は裏切りおった。飼い犬に手を嚙まれた心境よ……あの財宝は、五十万両は下らぬ。会津の石高の倍もある。おまえも承知しておろう」

「――分かりません。私は政《まつりごと》についてはまったく……」

「おまえまで惚《とぼ》ける気か、お結……それとも、沢島と口裏でも合わせているのか」

疑り深い目になった内藤は、言うことを聞かなければ、沢島がどのような目に遭っても知らぬぞと脅して、

「おまえたちを夫婦にしてやれるのも、ふたりをバラバラにしてしまうのも、この儂だということを忘れるでない。まさか、おまえたちふたりは、あの天正大判を持ち逃げしようなどと考えているのではあるまいな」

「と……とんでもございません」

お結は涙が出そうなくらい悲しそうな目で、内藤を見つめた。

「ならば言うとおりにしろ。国元の殿にも公儀にも絶対、洩らしてはならぬことだ。あの天正大判は、我が藩の初代が生まれた折、神君家康公から賜った我が藩の宝だ。分かっておろう」

「は、はい……」

「それが五十万両に化けるのだ。よいか、おまえも沢島も儂の一族でいたければ、下手な欲を出さずに、素直に隠し場所を教えろと沢島から例の絵図面を取り上げろ」

有無を言わさぬとばかりに睨みつける内藤に、お結はただ素直に頷くしかなかった。その細い体は、子兎《こうさぎ》のように震えていた。


深川診療所はいつもどおり、急を要する患者で溢れ返っているため、手当ての終わった沢島は、身の危険もあることから、高山家に逗留することとなった。中間《ちゅうげん》として奉公している平助は、吉右衛門らと一緒にお歌も来たので、吃驚した。

「おやまあ。おまえさん、本当に高山様のお世話になるつもりかね」

「和馬様から聞いているよ。やはり罰が当たったんだな。でもよ、高山様が色々とご配慮下さって、無罪放免。ああ、良かった」

「他人事《ひとごと》みたいに言いなさんなよ。おまえさんのために、あの慶長小判を……大変だったんだからね、ほんと」

お歌が余計な話をしていると、孝之介は〝慶長小判〟という言葉にピクリと反応した。その表情を見て取った平助は、

「お若いの……あんたも小判が好きなのかい」

と訊いた。

「もういいよ。おまえさんが口を出すと、ややこしくなるから、飯でも作って下さいな。この子、診療所でもろくに食べてないんだからさ。得意の味噌汁でもなんでも」

妙に孝之介のことを気遣うお歌を見て、平助はアッと手を叩いて、

「おまえ、まさか、この若侍に惚れたんじゃあるめえな。ご隠居、こいつね、近頃、若い男や役者みたいな男前を見ると、すぐにシナを作って、気持ち悪いったらないんだ」

「うるさいよ。私はただ、藩の偉い人に酷い扱いされている沢島様にご同情申し上げただけだよ……いや、でございますのよ」

事情はまだよく知らないお歌だが、まるで自分の大事な息子にでも接するかのように、怪我が治るまで面倒を見ると言った。孝之介は迷惑がるどころか、若松らに襲われたときに、咄嗟《とっさ》に啖呵《たんか》を切って庇ってくれたことに感謝していた。

「そうかい。そんなことがあったのか……いや、うちの女房は怒ると何をするか分からないけれど、心根はいい奴なんだ。本当は育ちのいいお嬢様だしな」

「いいよ、そんな話は……あんたも、何か手伝いなさいよ、早く早く」

孝之介を挟んで老夫婦が面倒を見ている姿は、まるで親子のように見えた。

吉右衛門が微笑《ほほえ》ましく眺めていると、和馬が訝《いぶか》しげに近づいてきて、

「おい、吉右衛門……また何か企んでいるのではあるまいな」

「企むって、何をです」

「俺には分からぬよ。だが、おまえがあらぬことをしようって魂胆があるのは、その面《つら》を見ていて分かる」

「魂胆なんて、人聞きの悪いことを言わないで下さいまし」

「いやいや……」

和馬が何か言い返そうとしたとき、表門から武家娘風の女が入ってきた。それは、お結であった。

平助が気づいて用件を訊くと、会津藩上屋敷の者で、孝之介に会いたいとのことだった。簡単に事情を訊いていた平助は少々、ためらったが、見ていた吉右衛門が招き入れた。まるで訪問してくるのを知っていたかのような対応だった。

驚いたのは孝之介の方で、嬉しさ半分の表情になって、

「どうして、ここが分かったのだ……若松様の手の者が尾《つ》けていたのか」

と訊いた。

お結は「そうです」と答えて、恨みがましく、

「江戸藩邸に来て下さったのなら、会いに来て欲しかった……でも、伯父上《おじうえ》……いえ、ご家老の内藤様の使いとして参りました」

「内藤様の……」

孝之介が俄に忌々《いまいま》しく口元を歪めるのを、吉右衛門と和馬は、お互い複雑な気持があるのだなと思いながら見ていた。

二

「——そうでしたか。おふたりは許嫁。それは、めでたいことでございますな」

事情を聞いた吉右衛門は、若いふたりを穏やかな目で眺めた。傍《かたわ》らでは、お歌と平助もまるで父母のように心配して見ていた。

「許嫁といっても幼馴染みでしてね……長い春といえばよろしいでしょうか」

言いにくそうだが、孝之介の方が話した。ふたりは会津藩領内の同じ村の出で、お結が江戸家老の内藤家の縁者であることから、御殿女中として奉公し、許嫁の孝之介は五石取りの下級藩士として取り立てられていた。ゆえに、周りでは、お結を利用し

て武士になったと冷ややかに見ている者もいた。

　孝之介は江戸詰めではなく、国元で郡《こおり》奉行のもとで働いていた。敏腕で知られる大《おお》郷《さと》兵部《ひょうぶ》という郡奉行の信任を得ており、国元と江戸との繋ぎ役として、江戸まで出向いてくることがあった。その江戸屋敷に行ったとたん、孝之介は追われる身になったというのだ。

　吉右衛門は内情を知っているような物腰で、

「子細があるようですな……よろしかったら、お話し下さい。和馬様は一介の小普請旗本に過ぎませぬが、これでも一応、上様に御目見得《おめみえ》できるご身分で、事実、何度か会ったことがございます」

　と言うと、和馬は不満げに、

「一応とはなんだ。奉行職などにも誘われたことがあっただろうが」

「ですが、すべて自分からお断りしております。宮仕えは嫌だとばかりに。それでも、世のため人のために働いているのは事実でございますから、どうか沢島様、ご安心してお話し下さい。むろん、藩の秘密などは一切、洩らしませぬ」

「小便は洩らすくせにな」

和馬が子供じみた言い草で吉右衛門を見やると、平助が笑った。

「俺も近頃は、締まりが悪くなって……」

「これこれ。人が真面目に話しているのを茶化してはなりませぬ。和馬様の悪い癖ですぞ。それは改めなさいませ」

「言ってないだろ。平助が……」

「平助が思わず洩らしたのは、和馬様が下らないことを言ったがためです」

「ほら、洩らしたではないか」

また悪戯《いたずら》小僧のように笑う和馬に、吉右衛門は真顔のままで、

「近頃、嫌味《いやみ》が多くなりましたな。性格が変わりましたか。和馬様も嫁を貰った方がよろしいと思いますぞ。さすれば、もっと責任を重んじる人になられましょう」

と強い口調で言った。傍《はた》から見れば、和馬よりも吉右衛門の方が主人のようである。

そんな様子を見ていたお結は、利発そうな目を燦《きら》めかせて、

「初対面でありながら、不躾《ぶしつけ》なことをお願い申し上げます、吉右衛門様」

と言った。

和馬は「俺に頼むのではないのか？」という顔をしたが、お結は気にする様子もなく、キチンと吉右衛門に向き直った。

「私は、家老の内藤様から、孝之介様が持っているはずの……財宝の絵図面を取り戻

すよう命じられました」

「財宝……」

「はい。会津藩の初代藩主が、徳川家康公から拝領したという〝天正大判の財宝〟は五十万両の値打ちがあるといいます」

「ええッ。そんなに！」

飛び上がらんばかりに驚いたのは、お歌と平助夫婦だった。

「あの黄金の髑髏とは桁違いだわ」

「その話はよろしい」

吉右衛門がやはり真顔で制すると、孝之介も切羽詰まった態度で続けた。

「それは以前、郡奉行の大郷様と一緒に、領内のさる山中の古寺から見つけたものです」

「天正大判を……」

「……とはいえ、天正大判そのものではなく、財宝の在処を記した絵図面でした」

脱いでいた羽織を手にした孝之介は、裏地を脇差しで切り裂き、中から大きめの封書を取り出した。さらに、その中から、赤茶けて薄汚れている紙を丁寧に出した。乱暴に扱うと、破れてしまいそうなほどだった。

「これが絵図面です……」

丁寧に広げて、その場にいる者たちに見せた。

「よろしいのですかな。かような大切なものを……」

気を使って吉右衛門が訊いたが、

「構いませぬ。もし奪われたり、燃やされたりしても、国元には写しがあります」

と孝之介は言ってから、お結を見やった。

「おまえは、これを俺から奪ってこいと、内藤様に命じられたのであろう」

お結は率直に認めたが、当然、初めからそのつもりはない。追われる身となった孝之介と再会して、一緒に逃げるつもりだった。

「それは嬉しいがな、お結……それでは、おまえまでが命を狙われてしまう」

「いえ、そこまで伯父上は冷たい人ではないと思います。いずれ、孝之介様と話し合えば必ず分かってくれると……」

「甘い考えだ、お結……」

孝之介は虚ろな目で首を横に振りながら、

「話は何度もした。だが、内藤様は江戸家老になって、すっかり変わってしまった。たしかに私も、国元ではひとかたならぬ世話になって感謝している」

「…………」

「されど、会津藩の江戸家老といえば、将軍家や御三家の家老とも対等に話ができ、老中や若年寄らも一目《いちもく》置く立場だ。奉行職にある旗本などは、常に内藤様の顔色を窺《うかが》っている……我が会津藩は名君が多かったゆえ、内藤様も誇りに思っているのであろう」

その昔、蒲生氏郷《がもううじさと》や上杉景勝《うえすぎかげかつ》、加藤嘉明《かとうよしあきら》らが領主であったことや、家光《いえみつ》の異母弟の保科正之が四代将軍・家綱《いえつな》の補佐役であったことも、大いに影響していた。

「誇りに思うのは私も同じだ。会津家訓《かきん》十五ヶ条の第一条には、『会津藩たるは将軍家を守護すべき存在なり。藩主が裏切るようなことがあれば、家臣は従ってはならない』とある」

「承知しております」

「だが、藩主どころか、江戸家老の内藤様は将軍家を裏切ろうとしている。それほど由々《ゆゆ》しき事態なのだ」

若さゆえか、しだいに興奮気味になってきた孝之介の話を、吉右衛門はじっと聞いていた。権力を握った者が豹変するのはよくあることだが、宝の絵図面を奪い合うということに、吉右衛門は違和感を抱いていた。

「お歌さんの話では、あなたが横取りをしようとしている……かのようなことを、若松さんという方が言っていたらしいが、それはこの絵図面にある財宝のことですかな」

「横取りするつもりなど毛頭ありませぬ。会津藩を、いえ将軍家を守るためです」

「なるほど。家訓を守るということですな」

「そうです」

「家康公から初代藩主が戴いた天正大判は、何かあった場合、特別に使えるようにしていたに違いありません。領内の飢饉や天災に備えたものかもしれませんし、徳川家に何かあったときのものかもしれません……それを、内藤様は自分の腹を肥やすために使おうとしている。だから、私はその不正を許さず、財宝は絶対に守らなければならないのです」

さらに身振りを加えて、話が大きくなってくる孝之介を頼もしそうに見ていて、お歌と平助は大きく頷いた。

「――おまえさん……私たちはなんと、さもしい性根だったんだろうねえ」

「私たちではなく、おまえが、だろう」

「な、なんてことを言うんだい。私も孝之介さんと同じように、御家のため、先祖伝来のお店の再興のためにと……」

「話の腰を折るな。髑髏の話とは天と地ほど違う話だ」

　などとふたりが小声で話しているのを、お結が首を傾げて聞いていると、絵図面を見ていた和馬が孝之介に尋ねた。

「――この絵図面によると、財宝はこの近くにあるようだな……」

「おっしゃるとおりです」

　孝之介は目を輝かせて説明を続けた。

「会津藩の上屋敷は、ご存知かとは思いますが、江戸城和田倉御門内にあります。中屋敷は芝《しば》にありますが、ここは初代の保科正之公が、海の見える所を所望したからと聞いております」

　近くには浜御殿《はまごてん》がある三万坪にも及ぶ大邸宅で、同じ陸奥の伊達《だて》家屋敷と隣接しており、橋で往き来ができるほどだった。

　下屋敷は三田《みた》の高台にあり、ここも三万坪を超える大きな屋敷で、武芸どころか軍事訓練ができる設備もあった。

「それ以外に、会津藩松平家には、お抱《かかえ》屋敷があります。それが深川御屋敷で、もうひとつ大川端《ばた》御屋敷があります。いずれも、松平家が自前で買ったものです。深川御屋敷には、廻米蔵《かいまい》があって、会津から送られてくる米を貯蔵しておきます。特産の蠟《ろう》燭《そく》を置いておく蔵などもあります」

「………」

「絵図面のとおりであれば、この深川御屋敷の中に、天正大判があります。そのことを内藤様が知れば、すぐにここに乗り込み、探して奪い取るに違いありません」

「奪い取る……」

「まさにそのとおりです。廻米蔵はあるものの、深川御屋敷は会津松平家の私邸も同然です。江戸家老とはいえ、そこに勝手に乗り込むことはできませぬ。ですが、何か理由をつけて押し込むことくらいやりそうです」

孝之介はまったく江戸家老のことを信用していない様子だった。それほどのことが、これまでもあったのかと、吉右衛門は勘繰《かんぐ》り、

「私腹を肥やすためだと言いましたが、その根拠や理由はあるのですかな」

「あります。江戸屋敷には毎年、数万石に相当する米を送っておりますが、換金の際、内藤様が着服している節があります。郡奉行の大郷様は殿からの信頼も厚く、数理にも長《た》けているので勘定職にも就いておりますが、その一割近くが使途不明なのです」

「使途不明……」

「もちろん政に関わることゆえ、帳簿に記されないものもあるかと思いますが、あまりにも多額なので、大郷様も不審に思っていたところなのです」

孝之介は、あまり熱心に聞いていない様子の和馬を見やって、

「御公儀が新たな改鋳《かいちゅう》にあたって、諸国から金銀を集めていることは、高山様もご存知かと思いますが……」

と言いかけると、お歌がまた横槍を入れた。

「そうなんですよ。だから私の慶長小判も取られたのですが、鋳直《いなお》すというのは名目で、自分たちでごっそり取るようですね。しかも、新しい貨幣は、酒を水で薄めるようなもの」

「余計なことを言うな。おまえの小判じゃないだろうが」

慌てて、平助が止めに入る。だが、孝之介は笑いもせず、

「そのとおりです。御公儀は金を薄める算段をしておりますが、率先しているのは勘定奉行の酒垣守恒《さかがきもりつね》様……内藤様とは昵懇《じっこん》と聞き及んでおります」

「酒垣様とな……これはまた厄介な御仁《ごじん》の名が出てきたものですな」

吉右衛門は幕府の裏事情に通じているかのように、深い溜息をついた。酒垣は八千石の三河以来の旗本であり、将軍からの信望も厚い。当然、幕閣への意見を具申する

際においても優遇されている。というより、弁舌の立つ酒垣に反論することができる者はいないのだ。

「たしかに天保《てんぽう》の大飢饉ともあいまって、諸藩同様、天領も厳しく、幕府財政は窮《きゅう》しておるから貨幣の改鋳によって、公儀の権威を高めたり、物価の高騰を抑えることはできましょう。ですが……」

憂いの籠もる表情になった吉右衛門は、

「その改革や改変に乗じて、一儲けしようという輩《やから》は、いつの世もおりますのでな。困ったものです。ところで、沢島殿、その絵図面じゃが……」

「はい……」

「深川御屋敷の中にあるのならば、あなたが探し出して国元に持ち帰るつもりかな」

「いいえ。このまましばらく隠しておこうと思います。なぜならば、この財宝は会津藩や徳川家に何か異変が起きたときにこそ使うべきものと心得ております。下手に掘り出して、内藤様に利用されるくらいなら、誰も知らずにしておいた方がよろしかろうと」

「だが、失礼ですが、あなたの立場でそれを判断できるのですか」

「ですから国元に帰り、大郷様を通して、殿にご報告していただきます。もし、殿が内藤様を信頼して任せるとのご判断をすれば……致し方がないことでございます」

筋を通すつもりの孝之介だが、和馬はどうも釈然としない顔で、

「まあ、話というのは、双方を聞いてみないと真実はなかなか分からないものだが……こうして、初対面の俺たちにベラベラと喋《しゃべ》った沢島殿はいささか軽率ですな」

「えっ……」

「しかも、ご丁寧に絵図面まで披露してくれた。俺も吉右衛門も他言はせぬが、平助やお歌は〝実績〟があるからな……人の口に戸は立てられぬ」

和馬が冗談めいて言うと、平助夫婦は口を揃えて、

「私たちはそんな悪人じゃありませんよ！」

「分かった分かった。そういきり立つな」

ニッコリ微笑みかけた和馬だが、孝之介とお結の顔には、一抹の不安が滲み出ていた。

「――お結……おまえを巻き込みたくはないが、頼みがある」

孝之介は武士らしい顔になって、

「俺は直ちに国元に帰り、内藤様の考えを阻止することを大郷様に伝える。だが、この足だ。日数がかかるかもしれぬゆえ、これを……」

と別の絵図面を出して、お結に渡した。

「内藤様にお渡ししてくれ。偽物だ」

「偽物……」

「これには、奥州《おうしゅう》街道から向かう会津とは正反対、中山道《なかせんどう》の先にある信濃《しなの》国高遠《たかとお》藩の領内に隠されていることになっている」

「高遠藩……もしかして……」

「さよう。初代藩主の保科正之公が幼い頃に過ごした地であり、後に家光公により高遠藩主になった……ここなら、内藤様もさもありなんと信じよう。内藤様の手の者をあらぬ方に導き、その間に善処したいのだ」

「いえ……私は孝之介様と一緒に参りとう存じます。でないと……」

孝之介を慕っているがゆえに不安がるお結の気持ちを、お歌は察して、

「そりゃそうだよ、沢島様。恋女房になる人を危ない目に遭わせちゃいけないよ。あなたが冷たい人間だと思うような相手ならば、尚更じゃないか。もし絵図面が偽物だと分かったら、お結さんに何をするか分かったものじゃない」

と言うと、平助も頷いて、

「そのとおりだ。おまえさんは、まだ俺たちの子供くらいの年だから分別がないのだ

ろうが、ちょっとした過《あやま》ちで命さえ落とすかもしれない。ここは俺たちに任せろ」

「任せろ……？」

不思議がる孝之介に、なぜか平助は胸を叩くと、お歌も同意して微笑んだ。

「どうせ私は盗っ人扱いされたし、生き長らえたって大したことはできないからさ。あんたら、ちゃんと夫婦になって幸せに暮らしなよ。こんなこと言っちゃなんだけど、命を懸けるほどのものって、世の中にはそれほどあるわけじゃない。あるとしたら、惚れた女を守り通すことだ」

「…………」

「この平助だって、情けない面してるけれど、何があっても、私を見捨てることはなかった。だから、沢島さん。あんたが今やるべきことは江戸家老の不正を暴くのも大切だけれど、目の前のお結さんを守ることだ。ましてや危ない目に遭わせるなんざ、しちゃいけない」

なんだか分からないが、平助とお歌は急に人が良くなったように、若いふたりの後押しをした。それを意気に感じたのか、吉右衛門が、

「ならば、和馬様。あなたが〝用心棒〟として、沢島様とお結さんを、会津まで無事にお届けするのがよろしかろう」

と言った。

「な、何を勝手に決めているのだ」

「困っている人がいれば見て見ぬ振りができぬ。それが和馬様なのですからね」

吉右衛門も、平助夫婦に賛同するかのように、和馬の背中を押して、

「それに表には、小うるさい蠅《はえ》がいるようなので、丁度よいかもしれませんな、はは」

と絵図面を取り上げると玄関の方に向かった。何をするのだろうと、お歌と平助も当然のように追いかけるのだった。

三

高山家から少し離れた路地から、会津藩の江戸藩邸詰めの者が三人ばかり、様子を窺っていた。いずれも会津らしい武芸者揃いに見える。その背後に近づいてきた若松が、

「どうだ。何か動きがあったか」

と問いかけたとき、表門から、ぶらりと吉右衛門が出てきた。

「あっ……！」

若松の表情が変わると同時に、他の者たちにも緊張が走った。沢島孝之介を助けた腕利きの爺さんだったからである。

「高山家の隠居だ……」

呟いた若松の目がさらに驚いて見開いた。吉右衛門の後ろに、お歌と中間姿の平助もついてきているためだが、若松はこの三人が高山家の家中の者だと思い込んだ。

「――そういうことか……だから、沢島を助けたのだな」

「は？　そういうこと、とは……」

藩士のひとりが訊き返すと、若松は苦々《にがにが》しい顔になって、

「俺の調べでは、高山家が小身の小普請ながら幕閣にも名が知られているのは、当人の働きよりも、先代の姉の千世《ちよ》が武蔵浅川《むさしあさかわ》藩に嫁いでいるからだ。奏者番を担うような家系ゆえな、高山家も優遇されておるのかもしれぬ」

「さようでしたか……」

「しかも、北町の遠山奉行とも昵懇との噂だ。何か良からぬ気配がしてきたな……屋敷内にはまだ沢島とお結がおるはず。おまえたちは、ここに張りついておれ」

「若松様は……」

「あの爺イたちを尾《つ》ける。何やら企んでいるような面構えばかりだ……よいか、沢島を見逃すでないぞ」

きつく命令して、若松は吉右衛門らを尾けるのであった。

小雨がちらついてきたが、構うことなく吉右衛門は、その健脚で両国橋《りょうごくばし》を渡ると、浅草御門《あさくさごもん》を抜けて、さらに三味線堀《しゃみせんぼり》の方まで歩いていった。後から追いかける平助夫婦の方が遙かに若いのに、ヘトヘトになってきた。

この辺りには、ちょっとした大名の屋敷が並んでおり、幕閣の上屋敷がいくつもあった。その一角にある武蔵浅川藩の上屋敷に、吉右衛門は意気揚々と入ったのだが、しばらくして暗澹たる顔で戻ってきた。

「どうしたのです、吉右衛門様……上手《うま》くいかなかったのですか……」

平助が心配そうに声をかけると、

「ああ。どうもムシが良すぎたようじゃ……折角、ここまで来たのだ。美味《うま》い蕎麦《そば》でも食って帰るか。今日は金にならなかったが、この慶長小判があるからな」

と吉右衛門は、これ見よがしに慶長小判を宙に放り投げてから摑んだ。

「ご隠居さん。言っとくけど、それは私が盗んできたものだからね。無駄使いは駄目ですよ。でないと、また古味の旦那にまだ隠してたのかアって、お縄になりますから」

吉右衛門は周りを気にしながら慶長小判を隠して、鳥越明神《とりごえ》近くの蕎麦屋に入った。二階の奥の座敷に入ると、障子戸を閉めて、三人だけが語れるようにした。酒も頼んで、何が楽しいのか和気藹々《わきあいあい》と蕎麦や天麩羅《てんぷら》を食べてから、吉右衛門がおもむろに言った。

「――ここから先は、死んでも口外するのではないぞ」

「へい。死んだら喋れません」

「よいから、聞きなさい」

少し声を潜めて、吉右衛門はふたりに顔を近くに寄せろとばかりに手招きした。平助とお歌も承知したように、

「なんです。ご隠居さん……またぞろ、金儲けの話ですかい」

お歌が言うと、吉右衛門はシッと指を立てて、

「声が大きいよ、おまえは」

「生まれつきなもんでね。相済みません」

と適当に頭を下げるお歌を横目に、平助が下卑《げび》た笑いで、

「そうなんですよ、ご隠居さん。こいつは夜のあっちの方も声が大きくって……だか

ら、長屋じゃ都合が悪くって……」
「なんだよ、そんな話をして」
バシッと平助の背中を叩いたお歌は、平助は下手くそだから感じた振りをしている
だけだと変な言い訳をした。
「その年で、仲がよろしゅうて良かったですな。それより、ほれ……この慶長小判な
んかじゃなくて、会津の若侍から盗み取った、こっちの絵図面の方が凄いのじゃ」
「先刻の絵図面ですね……」
「見てみろ、これを……なんたって天正大判がざっくざくですぞ。おまえたちが欲し
がった慶長小判なんぞ話にならん」
吉右衛門は床に、絵図面を広げて、ほくほく顔で笑った。
「──ご隠居さん……もしかして、あなたはこれを手に入れるために、あの沢島って
若侍を助けたのですか」
平助が訊くと、お歌が答えた。
「そりゃそうだよ。でないと誰が命懸けで助けるもんかね。私も慶長小判を後藤家に
取られちゃったし、古味の旦那に大番屋に連れ込まれて痛い目に遭うし、むしゃくし
ゃしてたからね。丁度よかったんだ」

「何が丁度よかったんだい」

「あんたは知らないけどさ、追っ手の侍たちが、『財宝を横取りする気か』なんて怒鳴ってたからさ、どうせ沢島って奴もろくでなしだろうと思ったから、ご隠居さんと一緒になって助ける振りをして……」

お歌は少し芝居がかった声だが、平助に聞かせるように、

「それにしても、馬鹿だねえ、あのお結って女も……若侍の許嫁で、会津藩邸の御殿女中らしいけれど、江戸家老に頼まれて……この絵図面を沢島から奪い取ろうとしたんだけどさ、馬鹿だねえ……私たちの方が先に取っちゃった、あはは」

と大声で笑った。

吉右衛門がすぐに「よしなさいッ」と制すると、お歌は押し黙った。

「とにかく、このことは内密にね……見てのとおり、財宝は会津初代藩主が過ごした信濃高遠に隠されてます。高山和馬様の伯母上が嫁いだ武蔵浅川藩とは、縁戚関係があるから、この話を頼んでみたのですが……体《てい》よく追い返されました」

「どうしてです……」

「そんな恐れ多いことができるかってね。ま、そりゃそうですな……だったら、いっそのこと私たちが自分たちで戴いてしまいましょうか」

「盗むんですかい」

　平助が訊くと、吉右衛門は鋭い目になって、

「当たり前じゃないですか……沢島さんの話を聞いたでしょ。五十万両の値打ちがあるんですよ。なあ、お歌……おまえが閻魔堂から盗み出した慶長小判なんざ、せいぜい三百両。はは、盗まない手はありませんよ」

と言った。もちろん、平助夫婦を〝乗せる〟ため、わざとである。

「だ、大丈夫なんですかい……」

「年寄り扱いするんじゃありませんよ。深川からここまで歩いてくるだけで、顎《あご》が上がってるようなおまえさんに言われたくありませんな」

それから吉右衛門は声を潜めると、三人は顔を付き合わせて、ひそひそ話を続けた。

座敷の外からは何を話しているかよく聞こえないが、いずれも真剣な顔をしていた。

ふっと隣室を振り向いた吉右衛門は、襖《ふすま》に近づいて、いきなり開けた。気配を感じてのことだが、そこには誰もいなかった。

その時——ドドッと足音がして、熊公と古味が駆け上ってきた。

「あっ。また貴様らか！」

三人の顔を見ると、古味は十手《じって》を突きつけて、

「今度こそは容赦しないぞ。怪しい奴らがいると、店の者から届け出があって来てみたが、吉右衛門……おまえ、本当は悪党だったのだな」

「旦那ほどではありませんよ」

吉右衛門が返すと、古味はガハハと大仰に笑って、

「実はな、お歌……大番屋からおまえを解き放ったのは、盗っ人仲間を引っ張り出すための囮《おとり》だったのだ」

「盗っ人などと、とんでもない。私は高山家の奉公人でして……」

「それも仮の姿。いや隠れ蓑といってよいかもしれぬな。さあ、クソ爺イと〝どくろ夫婦〟めが。もはや逃れられぬぞ、観念せい」

古味の気迫に呼応して、熊公が十手で打ちつけようとすると、吉右衛門は必死に絵図面を手にしたが、ポロリと落としてしまった。慌てて拾おうとしたが、ガツンと十手を打ちつけられ、熊公の馬鹿力に腕を捻られ、すぐに縄を掛けられた。

お歌と平助はおろおろとするばかりで、古味に睨まれると逃げることも叶わなかった。階段の下には捕方も数人、控えているようだったので、大人しく従った。

「旦那……あんまりですよ。私たちゃ、まだ何もしてないじゃありませんか……何か盗んで捕まったのなら諦めもつきますが、盗もうと企んだだけで捕まえていい法があ

るんですかい」

「盗っ人が法を語るな」

「勘弁して下さいよ。私たちは、そのご隠居さんに誑《たぶら》かされただけで……」

必死に無実を晴らそうとすると、吉右衛門も嫌味な声で、

「なんだね。今更、裏切ろうってのかい。盗っ人の風上にも置けない奴らだねえ。そんなことを言うなら、十一両返して下さいな」

わざと悪態をつくのだった。

一騒動が終わった後——座敷の窓辺で、ひらひらと絵図面が揺れていて、今にも風に煽られて飛んでいきそうだった。

その絵図面をサッと摑んだのは、若松だった。隣室の衝立の後ろに隠れて、三人の話を聞いていたのだ。

「——これは……!」

若松は一瞥すると、手早く折り畳んで懐に入れ、何食わぬ顔で店から出ていった。

会津藩上屋敷に戻った若松は、直ちに絵図面を内藤に見せた。

厚手の程村紙だが、かなり古くて傷んでおり、丁寧に扱わないと破損してしまいそ

うだった。それには、信濃高遠藩領内の地図と城の縄張り、本丸や二の丸、天守や屋敷の間取り図なども書かれてあった。

その中の幾つかの地点に、朱墨で印が付けられており、そこに分散して財宝が置かれていると思われた。

隅々《すみずみ》まで内藤が見ている間に、吉右衛門たちの秘密の話をもとに、若松は説明した。

内藤は目を燦めかせて頷きながら、

「でかしたぞ、若松……高遠藩の江戸家老なら、儂とも昵懇だ」

「岩崎《いわさき》様ですね」

「うむ。すぐにでも会って対処しよう。こうなれば、すべてを我が物にはできぬが、なにしろ五十万両の財宝だ。高遠藩も何かと物入りゆえ、岩崎殿も動くに違いない……なにより、高遠藩藩主である内藤家は、儂とも遠縁になるゆえな、むふふ」

欲に引き攣《つ》った顔とは、これほど醜いものかと思えるほど、内藤の表情は歪んだ。若松でも恐くなるほどだった。

直ちに、内藤は神田小川町《かんだおがわまち》にある高遠藩上屋敷を訪ねた。

会津藩江戸家老が火急の用だと訪れたことに、高遠藩江戸家老の岩崎左門之亮《さもんのすけ》は、何事かと出迎えた。保科家を通じて、会津と高遠は親戚も同然。しかも、御三家に次ぐ家柄ゆえ、岩崎は緊張した。

「ご無沙汰しております、内藤様……」

「こちらこそ。頼寧《よりやす》公は無事息災でございますかな」

あえて藩主の名を出したのは、縁戚であることをひけらかし、話を進めやすくするためであることは明らかだった。

「早速だが、岩崎殿……折り入って相談があって参った」

「御用向きは何でございましょう」

恰幅の良い内藤に対して、岩崎の方は痩せており、態度も随分と控え目である。

「これだがな……」

内藤は財宝の絵図面を出し、岩崎に広げて見せた。初代藩主が家康公から拝領した天正大判の在処だと話した上で、

「貴殿も承知のとおり、御公儀では改鋳のために諸国から財宝を集めておる」

「は、はい……」

「そこで、貴殿にも手を貸して貰いたい。これは会津藩に伝わる確かなもので、高遠藩に隠されている。早々に国元に伝え、探し出して貰いたい」

「……………」

「取次役は、この内藤監物でござれば、何なりと言いつけて下され。むろん、我が藩の藩士も同行させますので、如何なることでも命じて下さって結構でござる」

「は、はあ……」

「高遠藩もずっと飢饉や一揆との戦いが重なってきましたな……内藤家になってからも、藩士への給金を俸禄に変えたり、検見法《けみほう》を定免法《じょうめんほう》にしたり、貢租増徴《こうそぞうちょう》の折には百姓一揆が起きて、領民が時の老中・松平定信《さだのぶ》様に直訴に及ぶようなこともありましたな」

「…………」

「頼寧公の治世にあられても、〝わらじ騒動〟と呼ばれる一揆が繰り返されているとか……それを財宝によって、少しは解決できるやもしれませんぞ」

揺さぶるように言う内藤の言葉に耳を傾けながらも、岩崎は慎重に絵図面を見ていた。その目がやや訝しげになって、

「しかし……これはもう二百年も前のことでございましょう？　領内や城内の様子も変わってきておりますし、実際にあるかどうかは分かりませぬが……」

「それを調べて欲しいと頼んでいるのです」

「我が藩にかような財宝がある、という噂も聞いたことがありませぬし……」

「隠し財宝なのだから当然でござろう」

「でしょうかね……」

気弱なのか、乗り気でないのかハッキリしない岩崎の態度に、内藤は少々苛つき、

「岩崎家といえば、内藤家が高遠藩に入封したときの城代の家柄でしたな」

「あ、はい……」

「それが代々、続いている。立派なことでござる。貴殿の一言で、殿も動くのではありませぬか。なんなら、私が直《じか》にこれを持参して、頼寧公にお話ししてもよろしいが」

「いえ、それは……」

「でござろう。江戸家老としての貴殿の顔を立てていること、斟酌《しんしゃく》して下され」

「わ、分かりました……では、この絵図面、一度、預からせていただいてよろしいでしょうか。これは大切なものでしょうから、写しなどをしてから、お返し致します」

「結構だが、急いでおります。財宝探しをするかしないか、その結論は一両日中に聞かせて貰いたい。よしなに」

内藤の威圧ある目つきに、岩崎は「はい」と頷くしかなかった。

四

奥州街道と日光《にっこう》街道は、日本橋を出発すると千住宿《せんじゅしゅく》から宇都宮《うつのみや》宿までは重なっている。善は急げとばかりに、沢島孝之介とお結は、ふたり手に手を取って、故郷の会津を目指していた。

途中の御番所で、孝之介とお結は道中手形を改めてから、近くの茶店で団子を食べていた。若いふたりゆえ、何本もバクバク食べている。

それを少し離れた所から、和馬は見るともなく見ながら、

「あいつら、ここまで来るのに何十本、団子を食ってんだ。おかしくないか」

と独り言を呟いていた。

孝之介とお結は、いちゃついているつもりはないのだろうが、江戸を出てから気が緩んだのか、和馬の目にはそう映っていた。その視線が気になったのか、

「和馬様もこちらにいらして下さい。本当に、みたらし団子に、きな粉団子……いくら食べても飽きないものですね」

とお結が手招きした。

孝之介も旅を楽しんでいるようだった。

「それにしても……吉右衛門さんは面白い御方ですな」

「面白いかな。小うるさい舅《しゅうと》みたいで、近頃は嫌気がさしているのだが」

「聞きましたよ、吉右衛門さんから。あなたはいつも人の事ばかり考え、人助けばかりしていると」

「──吉右衛門のやつ、余計なことを……俺は宮仕えが苦手なだけでね」

「だったら、いっそのこと私の側役になりませんか」

「なに……？」

「私は藩主の息子なんです。もっとも私の母は百姓娘で、お殿様にも認められてはおりませんがね。でも、もしかしたら保科正之公のように、いずれ世に出るかもしれませんよ。そしたら、もっと大勢の人々を助けることができます」

孝之介は屈託なく笑って、

「ですが内藤様は私のことが少々、厄介だと思っているのです。不都合なことがお殿様の耳に入るかと案じているのでしょう」

「だから、財宝のことも、江戸家老は藩主には内緒で、うまく立ち廻りたいのだな」

「かもしれません。私はそこまで悪い人間だとは思っていません。ただ金に目が眩《くら》んでいるのだと思います」

「そんなに金を稼いでどうするつもりかね……贅沢するのは結構だが、わずかな食い物にも欠ける人たちに分けてやる気持ちはないものなのかな。武士のくせに」

呆れたように不満を洩らす和馬を、孝之介は微笑んで頷きながら、

「やはり吉右衛門さんが言ったとおり、あなたは高徳なお人だ。素晴らしい理想をもって、貧しい人々や病める人々を救って、良い世の中に変えたいという気概があるのですね」

「さあ、どうだかな……」

和馬は自分に呆れ果てている様子で、

「高徳な理想は、世間の慣わしに負ける。そして、世間の慣わしによって、理想を実現できなかった者たちを嘲笑《あざわら》う……到底、無理なことだと諦めて、相変わらずの世の中が続くだけかもしれぬな」

「私には、和馬さんのような器量も度胸もありませんが、少なくとも生まれ育った会津の役に立ちたい。財宝があるなら、そのために使いたい。それだけです」

「それで充分だと思うがな」

その頃、吉右衛門の方といえば、平助とお歌夫婦とともに、金座後藤家に来ていた。客間で当主の三右衛門に面会するのを待つために、しばらく歓談していた。

「それにしても、ご隠居さん……上手くいきましたねえ。私の芝居も大したものだったでしょ。亭主はいまひとつ分かってませんが」

お歌は楽しそうに笑った。

高山家の屋敷を出て、武蔵浅川藩の藩邸に絵図面を持って依頼に行ったときから、蕎麦屋での密談まですべて、若松に見せて聞かせるための狂言だったのである。それを古味と熊公にも手伝わせたのだ。

——貨幣改鋳に纏わる不正がある。

ということは、前々から古味も気になっていたことなので、吉右衛門が巧みに誘導していたのである。

案の定、若松によって、江戸家老の内藤に絵図面が渡り、それがまた信濃高遠藩家老の岩崎に伝えられたことから、孝之介が持っていた本物は奪われないと考えていた。

「でも、ご隠居さん……本当の財宝は深川御屋敷にあるのでしょ？　もし相手が気づいたら、どうするのですか」

「これは私の考えだが、それほどのものを深川御屋敷に隠しているとも思えない。きっとそれも悪い奴を欺《あざむ》くための絵図面ではありませんかね。本物は会津にあると思いますよ」

「そりゃ、そうですよねえ……とにかく、良い塩梅に、追っ手がかからないように、時を稼げればいいのですが」

　お歌は孝之介のことを心配しているようであった。

　平助の方は落ち着かない様子で、部屋のあちこちを見ていた。

「どうも居心地が悪いんだよな、ここは……」

「どうしてです」

　吉右衛門が訊くと、平助は声を潜《ひそ》めて、

「若い頃、あの火事に遭ったあと、一度だけ来たことがあるんだ。その時の主人は……あ、今も同じらしいが、どうもいけすかない人でねえ、『金座は金を作るところであって、金貸しではない』と借金を断られまして」

「そりゃそうでしょう」

「ですが、あの一帯の大火事ですよ。困っているときはお互い様ではないですか。いくら小判を作ったからって、みんなが使わなければ、なんにもならない」

「だから恨みでも残っているのですか」

「そうじゃありません。なんだか叱られに来ているようで……」

背中を丸めて溜息をついた平助の横で、お歌も冴えない顔で、

「たしかにね……ご隠居さん。ここで私たちに何をしろと……慶長小判についちゃ、もう謝《あやま》ったし、痛い目に遭いましたがね」

とぼやいたとき、廊下から、番頭の猪兵衛が来て、その後から三右衛門が入ってきた。三右衛門はすっかり髷《まげ》が白くなっていて、目もしょぼついているが、たしかに若い頃の面影はある。

猪兵衛はふたりを見ると、先日とは違って、穏やかな目で軽く頭を下げた。すると、三右衛門は座って、

「先日は失礼致しました。お詫び申し上げます」

と手を突いて謝った。

「えっ……」

「おふたりのことは、私も覚えております。猪兵衛はまだ小僧同然でしたから、勘弁してやって下さい」

「いえ、とんでもございません」

お歌が深々と頭を下げると、平助もつられて礼をした。

「もう二十数年も前になるのですね……あの火事の後、大変な苦労をされたでしょう。あの当時は、私も金座当主になったばかりで、至らぬことがあったこと、反省しております」

「そんな……昔のことですよ……」

恐縮して首を振りながら、お歌が言うと、三右衛門は猪兵衛に何やら命じると、すぐに手代が三方《さんぽう》に端布《はぎれ》で覆ったものを運んできた。端布は、お歌が黄金の髑髏に被せていたものである。

「——こ、これは……！」

嫌な予感がしたお歌だが、手代が端布を取ると、そこには、漆塗りの上等な箱があった。金箔の扇《おうぎ》が数枚重なっている絵柄である。

「ほほう。これは、もしかして会津特産の漆器《しっき》でございますな」

吉右衛門が溜息交じりに見やると、三右衛門は微笑み返して、

「さすがは、吉右衛門様……よくご存知でいらっしゃる。そのとおりです。会津藩深川御屋敷から、毎年、米と一緒に届けて下さるのです。ありがたいことです」

と軽く頭を下げた。

「き、吉右衛門様……？」

お歌が口の中で呟いていると、三右衛門が自ら蓋《ふた》を開けた。その中には、ギッシリと金座後藤家の包金《つつみがね》が、二重になって敷き詰められてある。

「改めて、お詫び申し上げます。先日、お歌さんが〝黄金の髑髏〟を持ち込んでくれたのに、てまえどもの番頭が何を勘違いしたのか、取り上げてしまって申し訳ありませんでした」

「えっ……」

「あれは、たしかにその昔、将軍家から後藤家を通して、『寿屋』に下賜《かし》された慶長小判でございます」

「え、ええッ……言っていることが……な、なんのことですか……」

「吉右衛門様から、この慶長小判を預かりました。平助さんが持っていたものです」

一枚だけ、三右衛門は見せて、

「この下の隅っこに、小さな二葉葵の刻印がありますでしょ。米粒ほどの小さなものです。これは、たしかに将軍家から預かった慶長小判に、贈答用として後藤家にて新たに刻印を入れたものです」

「そ、そうなんですか……たしかに将軍家から何か戴いていたとは聞いたことはありましたが……まさか、あの黄金の髑髏が……」

「おそらく初代の家紋を取り入れ、魔除けの意味で、その焼き壺にしたのでしょう」

「………」

「他のもすべて確かめました。ですが、今、慶長小判は使えませんので、こうして相場に少しだけ上乗せしてお支払い致します。五百両――ございます」

「ご、ご……五百両……!?」

飛び上がらんばかりに、素っ頓狂な声を上げたのは、平助の方だった。

「せめてもの罪滅ぼしでございます。あの時、お貸ししておれば、長年、苦労なさらずに済みましたことなのに……」

じっと包金を見つめていたお歌は、夢じゃないだろうねと平助の頬をつねった。

「痛たたたッ。やるなら自分のをつねろよ」

平助もお歌の頬をつねると、「痛い」と身を捩《よじ》った。そんなやりとりを見ていた三右衛門は改めて詫びて、

「これで、お店が再建できれば、私どもとしても嬉しいです」

と微笑んだ。

そんな様子を、吉右衛門も満足そうに眺めている。

髑髏の壺から、金の舞扇入りの漆箱に変わったものを、お歌は両袖で抱え込んで、

「本当に、本当なんですよね……これを持ったとたんに、御用なんてことにはならないですよね……大丈夫ですよね」

と身震いしながら言うと、吉右衛門はアハハと笑った。

「あの髑髏の壺も本来は『寿屋』のものだから、盗んだことにはなりませぬな。その前に、誰かが盗んで、あちこち巡り巡って戻ってきたということでしょう」

それでも、まだお歌は何か胡散臭《うさんくさ》いものを感じているのか、

「さっき、金座の御当主は、ご隠居のことを吉右衛門様って呼びましたよね。様って」

「あ、はい……」

「そんなに偉い人なんですか。前から知っているのですか」

「もちろんです。旗本の高山家には色々とお世話になってますし、吉右衛門様との関わりは古くから……いや内緒ということで」

三右衛門は曖昧に誤魔化すように言って、吉右衛門と顔を見合わせて笑った。

平助とお歌は喜びと不安が入り混じっていたが、やはりすぐには信じられないでいた。それほど世間に裏切られてきたからであろうが、少しずつ本物の笑みに変わってきた。

五

会津藩上屋敷に、信濃高遠藩江戸家老の岩崎が訪ねてきたのは、約束の期限を二日ばかり過ぎてからであった。

早速、面談した内藤は苛ついた態度で、

「そんなに信用できぬ絵図面ですかな。お陰で、こっちは無駄な日々を過ごしておる。御公儀の貨幣改鋳に関わることなのですぞ。そこもとは、事の重大さが分かっておるのですかな」

と威圧気味に言った。

岩崎は穏やかな姿勢ではあるものの、伝えたいことは正確を期したいと思っているようで、噛みしめるように話した。

「まずは……この絵図面をお返し致します」

丁重に差し出して岩崎が頭を下げると、内藤は不満げに、

「さようか。ならば当藩が自ら探索隊を出すまでだ」

「どうか、お聞き下さいませ。私も以前は、国元で家老をしておりましたので、領内

や城中のことにはいささか詳しゅうございます。江戸藩邸にも領国を測量した地図などもございます。それと照らし合わせたところ……この絵図面は出鱈目《でたらめ》でございます」

「なんと……！」

「たしかに、城や武家屋敷、町並みなど大まかな所は合っておりますが、昔のではなく、近頃のものでございます」

「………」

「保科正之公が高遠におられた元和から寛永《かんえい》の頃の絵図面とは違います。慶長年間には、正之公の御養父・正光《まさみつ》公が領内検地をしており、当時のが残っておりますれば、それとも別物です」

「つまり、後の世に偽造されたものだと……」

「後の世も後の世、近年だと思います。何故にかようなことをしたのか、推察はできますが……めったなことは言えませぬので」

言葉を濁す岩崎に、内藤は遠慮なく話せと勧めた。

「ご存知のとおり、三代将軍徳川家光公が正之公を弟と認めた折、銀五百枚を下さいましたが、それとは別に出羽山形《でわやまがた》藩に入封するときに続き、陸奥会津藩の藩主になった折も、膨大な数の天正大判が届けられたと聞き及んでおります」

「そのとおりだが……？」

「何故に、そうなさったか……官位身分や江戸屋敷、将軍家並みの萌葱《もえぎ》色の直垂《ひたたれ》の着用なども含めて優遇したのは、単に実の弟ということだけではなく、只ならぬ高潔な人物だと見抜いたからだそうです」

「うむ……」

「高遠ではよほどの善政を敷いていたのでございましょう。正之公が移封すると、何千人もの農民が、逃散《ちょうさん》するという掟《おきて》破《やぶ》りをしてまで、正之公を追いかけたといいます。山形に行った者たちも、会津に行けば会津に……」

　岩崎がまるで見てきたかのように語るのは、城代をしていた自分の先祖がその一部始終を書き残していたからである。

「家光公が正之公に天正大判などを与えたのはひとえに、追いかけてきた領民たちを救済するためだったのです。決して、贅沢《ぜいたく》をするものでもなく、此度《こたび》の貨幣改鋳などにおいて、それを利用するものでもないものです」

「………」

「ですから、かような財宝が残っていようがなかろうが……家臣の内藤様が勝手に探し出すような真似はなさらない方がよろしいかと存じます。それが保科正之公の思いかとも拝察仕《つかまつ》ります」

丁寧に話した岩崎だが、分かりきったことを意見されたと感じた内藤は、腹立たしげに口を〝への字〟にして、

「さてもさても……たとえ正之公の治世に城代を担っていた家系とはいえ、今の会津藩の実情にまで首を突っ込むとは、そこもと覚悟をもって言っているのであろうな」

「むろんでございまする」

「ほう……御三家に次ぐ我が藩を敵に廻すと申すのだな」

「まさか。さようなことは露ほども思っているわけがありません。同じ藩祖に繋がる家臣として、内藤様のことも尊崇《そんすう》しておりますれば……ぜひに〝獅子身中の虫《しししんちゅうのむし》〟などと呼ばれませぬよう、自制して下さいませ」

「黙れッ——よくも言うた。儂を謀反者扱いした、そこもとの言動、断じて許すわけには参らぬ。篤《とく》と覚えておけ」

内藤は乱暴な口調になったが、岩崎の方はあくまでも冷静に、

「勘定奉行の酒垣守恒様には……妙な輩が関わっております。たとえば、やくざ者の浅草の寅五郎一家のような……」

「どういう意味だ」

「天下の金が動くときには、匂いを嗅ぎつけて集まる蝿どもがいるのです。内藤様ほどの立派な御方が、悪い噂の絶えない酒垣様の言いなりになるのは、同じ江戸家老として見ていることができませぬ」

「おのれ、どこまで儂を馬鹿にするのだ……しかも、御公儀の旗本で勘定奉行までも悪し様に罵《ののし》るとは……」

　サッと立ちあがった内藤は、今にも斬りつけんばかりの形相になって脇差しに手をかけた。が、じっと見上げている岩崎の眼光の冷ややかさに、我慢して耐えた。

「もう頼まぬ……もしや、そこもと、本当は高遠藩領内に財宝が眠っているのを知ったから、自分たちで掘ろうと企んでいるのではあるまいな。だから、かような戯《ざ》れ事をグダグダと……」

「そうだとしたら、黙ってやります」

「…………」

「そこまで人をお疑いになるとは、まこと政を為す御仁かと、情けのうなりました。この絵図面はたしかにお返し致しました。御免」

　岩崎は一礼すると、清々《せいせい》したような面差しで、屋敷の外に出ていくのであった。

「──ふむ。何様のつもりだ……」

怒りが収まらない内藤は、控えていた若松を呼びつけて、絵図面を叩きつけた。

「おまえが、かようなものを持ってくるからだッ。馬鹿者！」

「も、申し訳ございません……しかし、あの高山家の爺イらが……」

「言い訳はよい。これが偽物なら、本物は沢島が持っているということになる。そして、財宝は会津にあるに違いない。あいつはお結と一緒に会津に向かったのだ。お結までが裏切りおって……かくなる上は構わぬ。おまえも追いかけろ。ふたりとも斬り捨てても構わぬ。本物の絵図面を持って参れ！」

「いや、しかし、それは……」

「なんだ。文句があるのか。まさか、おまえ、今の岩崎の話に心が傾いたのではあるまいな。儂とどっちを信じるのだッ」

怒声を浴びせる内藤に、若松はハハッと平伏して飛び出していくのだった。

高山家の屋敷では、いつものように炊き出しが行われていた。さほど広くはないが、かつてあった枯山水の庭はすっかりただの空き地になっており、夏になれば雑草が生え放題である。

そこには近在の子供たちが、何がおかしいのか笑いながら走っており、隠れん坊や鬼ごっこをしている。長屋のかみさん連中が来て、米に浅蜊《あさり》や魚の身、根菜を混ぜた炊き込みご飯にしたり、握り飯にして、味噌汁や佃煮も並べている。

物乞い同然の通りがかりの者や、小普請組ゆえ、今日の日銭稼ぎにあぶれた人足らも集まって、和気藹々と食べている。こうして人々が飯にありついている姿を見るのを、吉右衛門は何より幸せに感じていた。

平助も得意とはいえないが、腕を振るって料理を作り、お歌もなんだか楽しそうに子供らと遊んだりしている。

「今日はおまえさん方の喜捨によって、こんな大勢の人たちが助かっている。私からも礼を言いますよ」

吉右衛門が感謝の目で言うと、平助はとんでもないと手を振りながら、

「何をおっしゃいますやら。ご隠居さんのお陰で、私たちの暮らしの目途が立ちました。これからもできることをしたいと存じます」

「無理をすることはありませんよ。お店のことが大切ですからね」

「はい。地道にやっていきたいと思います。俺たち夫婦は、ずっと世間とは冷たいものだと感じておりましたが、まさかこんな形で幸せがくるとは……ううっ」

嬉しさのあまり、平助は感極まって涙が溢れてきた。

「女房のあんな楽しそうな顔を見るのは、何年かぶりです。銭を見たら喜ぶことはありましたがね、へへ……あんなに笑顔が似合う女だったんだなって……長年の苦労がいっぺんに吹っ飛んでしまいましたよ」

「それは結構、結構……」

吉右衛門も細々《こまごま》したことを手伝っていたが、日雇い人足に混じって、目つきのよくない者がいるのに気づいていた。

浅草の寅五郎一家の勝吉と盗っ人の益蔵だった。ふたりとも小汚い格好をしているが、指先を見れば、楽な仕事ばかりしているのは一目瞭然だった。それに飯の食いつき方が違う。どうせ、ふだんは美味い物にありついているのであろう。

ふたりはさりげなく屋敷の中の方を窺うように見ていたが、

「ご隠居さん……ご馳走様でした。御礼に、俺にできることはありやせんかね」

と勝吉が近づいてきた。

「御礼なんてとんでもない。満足していただけましたかな」

「それはもう……しかし、旗本でありながら、こんなふうに、俺たちみたいな者にご馳走してくれるなんて、なかなかできることじゃありませんよ」

「いやいや。ここには大勢の人の小さな親切が集まっているんですよ。旗本の自己満足だなどと陰口を叩く人もいますがね、そういう人に限って何もしない。それにね、お兄イさん、自己満足というのは元々は仏様が話していたことで、自分が満足するまで頑張るってことなんですよ」

「え……？」

「悪い意味じゃないんです。世間の評価がどうであれ、自分が得心するまでやるってことなんですよ。お兄イさんは、どんないいことをしているのですか」

吉右衛門がじっと見つめて訊くと、勝吉はバツが悪そうに、

「そんな大したことはしてやせんよ……そうだ。腹ごなしに廊下の拭き掃除くらいは致しやすよ。本当に……おい。おまえもやれ」

と益蔵を呼び寄せた。

ふたりは井戸から水を汲み上げると、雑巾を濡らして絞って、座敷に面した廊下や縁側、離れへの渡り廊下などを、四つん這いで走って拭いた。吉右衛門の目には不慣れだと思ったが、当人たちも本気ではあるまい。

「では、お任せしましたよ」

離れていく吉右衛門を見送ると、ふたりはニンマリと顔を見合わせた。障子の桟や

襖の枠、柱などを拭く振りをしながら、飯を食っているときに目星を付けていた離れに向かった。そこで、平助夫婦が奉公人として寝泊まりしているのだ。

大した荷物はなく、仕切り用の屏風《びょうぶ》や衣桁《いこう》があるだけであった。床の間の隣に違い棚があって、その下に置かれている小さな茶箪笥《ちゃだんす》に、勝吉は目をつけていた。裏長屋に置いてあった古めかしいものである。

勝吉が屏風を片付けているふりをしながら人の目を遮り、益蔵が引き出しを開け閉めしていると、金の舞扇柄の漆箱があるのを見つけた。蓋を開けてみると、ごっそりと小判が入っている。

「——ありやしたぜ、兄貴……」

益蔵はニタリと笑って目配せをすると、箱ごとではまずいと思ったのか、持参していた巾着袋に手際よく包金を入れ始めた。

その時である。

「泥棒だ！　御用、御用、御用！」

と子供が数人、渡り廊下から駆け込んできた。

吃驚した勝吉は思わず屏風から手を放した。そこに駆けてきた子供らがぶつかって、屏風が倒れてしまった。

すると、茶簞笥から金を盗もうとしている益蔵のしゃがんでいる後ろ姿が、中庭から丸見えになった。だが、手元は見えないので、拭き掃除をしているふりをして誤魔化した。

子供たちの間では、〝十手持ちと泥棒〟という鬼ごっこに似た遊びが流行《はや》っており、追っ手役と泥棒役ふたつに分かれて隠れん坊をするのだ。そして、追っ手役の方が隠れている泥棒役を見つけると、「泥棒だ！　御用、御用、御用！」と三回唱えて、捕縛したことにするのである。

子供の遊びに驚いただけだが、大勢いるかみさん連中や人足たちの視線を一斉に浴びた勝吉と益蔵は気まずそうに突っ立った。明らかに不自然な振る舞いに、

「本当に何か盗んでるよ」

と子供の誰かが縁側から声をかけた。

とたん、勝吉はその子供に駆け寄り抱き寄せようとしたが、

「それ以上やると洒落《しゃれ》にならないですよ。寅五郎親分は泥棒をしろって命じたのですかな」

と吉右衛門が戻ってきた。

「俺たちは何も……」

「そのお金は、ぜんぶ金の舞扇の中に戻して下さい。由緒ある漆器なのです」

「…………」

「ずっとお歌さんのことを見張っていたようですが、今なら罪に問いません。それとも、こんな大勢の証人がいるのに、お白洲《しらす》で言い訳をしますか、勝吉さん。そして、益蔵さん」

「な、名前まで知ってんのか……」

「ええ。北町の古味の旦那はふたりのことを、よく知ってましたよ」

吉右衛門が微笑みかけると、仕方なさそうに益蔵は金を戻し始めた。勝吉も諦めて、逃げるように、縁側から履き物を履いて去った。

後を追いかける益蔵に、吉右衛門が足掛けをすると――巾着が宙を舞って地面に落ち、そこから包金がひとつ飛び出した。

「往生際《おうじようぎわ》が悪いですよ」

益蔵の尻をポンと吉右衛門が蹴ると、益蔵も顔を隠しながら表門から逃げていった。

見ていたおかみさん連中は大笑いで罵ったが、平助とお歌は離れに駆け込むと、懸命に金を数えていた。

六

会津からの廻米《かいまい》が江戸の食を支えている。それほどの穀倉地帯である。越後《えちご》山脈と奥羽山脈に囲まれた盆地に、阿賀川《あががわ》、宮川《みやかわ》、日橋川《にっぱしがわ》、大塩川《おおしおがわ》、濁川《にごりがわ》などが集まっているため土地が肥えており、夏の暑さと相まって、米が豊かに実るのである。かように沢山の川が出合うから、〝会津〟の地名がついたという。

周辺には磐梯山《ばんだいさん》、安達太良山《あだたらやま》などの名峰や猪苗代湖《いなわしろこ》などの景勝地があり、江戸のある関八州とはまったく違う美しさに囲まれていた。それらを眺めるように〝会津五街道〟が、城下から白河《しらかわ》や日光、越後や二本松《にほんまつ》、米沢《よねざわ》に延びている。いわば、色々な地方からの集積地であるため、繁盛した商家も多かった。

城下町は大小の道が網の目のように張り巡らされており、鶴ヶ城《つるがじょう》と呼ばれる若松城《わかまつ》を中心に活気ある町が広がっていた。

孝之介とお結の後ろからは、和馬が来ているが、歩みが遅い。どうやら足に肉刺《まめ》ができたようだった。

「――だから長旅は嫌だって言ったんだ……これでは帰りが思いやられる……しかも、

追っ手はもう来ないだろうし……」

徒労であったと、和馬は町辻で座り込んでしまった。

お結が軽い足取りで戻ってきて、

「もうすぐそこですよ。さあ、あと一踏ん張り」

と手を差し出した。

「いや。俺は本当にもう……」

ヘトヘトで座り込んだ和馬の方が、よほど〝お荷物〟のようだった。だが、懸命に立ちあがり、足の肉刺の痛さに耐え、白い鶴ヶ城を仰ぎ見ながら、二町ほど歩いた。

そこには、武家屋敷街があって、石畳の続く路地を抜けていくと、一際、大きな長屋門のお屋敷があった。

ここが郡奉行・大郷兵部の屋敷である。

門番は、孝之介とお結の顔をよく知っており、

「これは沢島様にお結様。江戸からお帰りですか。どうぞ、どうぞ、主人もお待ちかねでございます」

と声をかけた。

「――お待ちかね……？」

孝之介は首を傾げた。先触れは出していないからだ。門番は和馬を見て、

「そちらのお武家様は……」

と尋ねると、孝之介は江戸から来た旗本だと報せて、屋敷の中に案内した。

白河の関を抜け、郡山《こおりやま》から猪苗代湖畔を歩いてきた和馬たちだが、荷物を解く前に奥から郡奉行の大郷兵部が現れた。背の高い偉丈夫で、濃い眉毛に意志の強そうな目である。

「遠路ご苦労であった、沢島……高山様も大変でしたでしょう。会津の湯にでも浸かって、ゆっくりするがよろしかろう」

大郷は慰労の声をかけた。

「その前に……」

孝之介はすぐさま例の絵図面を大郷に手渡して、事情を説明しようとしたが、

「承知しておる。江戸上屋敷から早馬が来て、子細は報せを受けた」

「江戸上屋敷から……内藤様からですか」

「さよう。おまえたちが来る前に、若松殿も到着しておるぞ」

「えっ……！」

吃驚したのは孝之介だけではなく、お結も和馬も同じであった。そんなにゆっくり

来たわけではないが、若松らの方が先に来て待っていたのだ。若松は、早馬で来たという。

大郷は訝しげに和馬を見やりながら、

「どうやら、おまえは、そいつに担がれたようだな、沢島」

「えっ。何をおっしゃいます。この人は……」

「公儀隠密として、我が藩の財宝の在処を探しに来たのは明白。仮にも神君家康公を尊拝している我が藩が、不正でもしていると疑われるのは心外でござる」

「待って下さい、大郷様……若松様から何を吹き込まれたか知りませぬが……」

「黙れ。おまえは、偽の絵図面を内藤様に渡し、自分がそこな高山とやらと一緒に横取りしようとしているのではないか」

強い口調で大郷が言ったとき、若松と藩士ら数人が奥から廊下を駆け出てきた。

「沢島……よくもご家老を謀《たばか》ったな。お結さんも、あれだけ世話になっておきながら、残念でござる。大郷様と検討した結果、おふたりには藩法によって謹慎。その後の身の振り方は……」

「馬鹿を言うな！」

怒鳴ったのは孝之介だったが、前に踏み出たのは、お結だった。

「大郷様。仮にも孝之介様はあなたの家来でございます。お殿様のご落胤《らくいん》でもあらせられます。百も承知かと思いますが、その孝之介様と裏切り者の江戸家老と、どちらを信じなさいますか」

内藤の妻の縁者とはいえ、遠い戦国の世に豊臣秀吉が伊達政宗《まさむね》から会津を取り上げた際に、この地の黒川《くろかわ》城に入ったのは、蒲生氏郷である。お結はその流れを汲む者だ。

「この際、さような古い話はどうでもよい」

若松は俄に傲慢な態度になって、

「内藤様はおまえのことはもう姪《めい》とも思わぬそうだ」

「私も伯父とは思いませぬ。若松様。古い話と言いますが、あなたのご先祖は、蒲生氏郷が黒川城に入った頃の土豪の家来で、この土地の名から若松と名乗ったのではありませぬか」

「…………」

「若松は、蒲生氏郷の出である近江の景勝地〝若松の森〟からきています。大郷様も、氏郷様の御名前から郷の字を戴いた一門。その姓を継いだ者が謀反人の味方をするのですか」

「謀反人とは……言葉が過ぎるぞ」

「いいえ」

お結は荷物を解いて、その中から一枚の封書を取り出して、

「どうぞ、ご覧下さい。これは内藤様と公儀勘定奉行の酒垣守恒様が取り交わした密書でございます。私はこれを届けるために、孝之介様と一緒に逃げて参りました」

と大郷に渡すと、孝之介も気迫に満ちた顔で言った。

「さよう。大郷様。許嫁のお結に、危ない目をさせてまで持ってきたのです。それを殿に見せて、ご決断されることを望みます」

そこには——会津藩に眠る財宝である五十万両分の天正大判を譲れば、内藤と酒垣がそれぞれ五万両ずつ報酬を取って、公儀に提出することになっている。その五万両は、酒垣が金座後藤家に命じて、〝現金〟にするとのことである。

「如何でございまするか、大郷様」

孝之介が迫ると、その横で、お結も険しい目で見上げた。

まるで蚊帳《かや》の外にいる感じの和馬であったが、孝之介はチラリと見てから、

「さらに、これも……」

と懐から封書を大郷に差し出した。

「高山家に御奉公している吉右衛門というご隠居から預かったものです。これは藩主

の容敬公、直々《じきじき》にお渡し願いたいとのこと」

「殿に……」

「決して中は見ませんように」

孝之介が念を押すと、大郷は裏書きされている花押《かおう》を見て、目を見開いた。

「こ……これは……！」

「なんですか」

「まことか……これを高山様が……」

俄に座った大郷は、和馬の前で両手をつき、

「知らぬこととはいえ、申し訳ございませんでした。必ずや殿にお届け致します。大変なお役目、ご苦労様でした」

と下にも置かぬ態度に急変した。

何のことか分からない和馬は、ただ足の肉刺が痛いので、適当に頷いていたが、

——吉右衛門め……やはり、また裏で何かやりやがったか……。

とだけ思った。

もはや、若松たちは何も言えず、妙な雰囲気になったこの場を眺めているのだった。

江戸は京橋の大通りに面して、『寿屋』の金看板が掲げられていた。片隅に二葉葵の家紋があしらわれている。

その店内で――。

うつらうつらしている内儀姿のお歌が、体を揺すられ、ハッと目を覚ました。

口元から少し涎《よだれ》が垂れていたので、思わず手の甲で拭った。傍らには、貫禄のある大店《おおだな》の旦那姿の平助がおり、店には数人の印半纏を着た手代らが客を相手に仕事をしていた。

「おい。働き過ぎは結構だがな、店で寝るなよ、店で……」

平助に言われて、お歌は帳場から店内を見廻しながら、

「ああ……夢かと思った……」

「なんだねえ。お客様の前ではしたない」

「金座の後藤様から五百両を戴いたお陰で、こうして……ねえ、おまえさん」

お歌はしみじみと平助を見やって、

「おまえさんも、なんだか大店の旦那が案外、似合っているじゃないか」

と頼もしそうに微笑んだ。

「――もういいよ。忙しいんだ。夢の続きなら、奥に行って見ておくれ」

　平助が呆れると、お歌は俄に不安になりハッと立ちあがると表に出て、店の看板を振り返り仰ぎ見た。風格のある金文字である。そして、店の長い暖簾《のれん》に手を触れて、しみじみと眺めた。

「これは……焼け残った暖簾だよね、おまえさん……」

　誰にともなく言ったが、心配そうに追って出てきた平助は、

「そうに決まっているじゃないか。町会所に残っていたとはな……。あの髑髏の壺のお陰で生き返った……」

「……髑髏の壺……私が閻魔堂から盗んだ」

「人聞きの悪いことを言うなよ。ご先祖様が導いてくれたんだろうよ。ああ、ご先祖様のお陰だよ」

　平助がお歌の肩をそっと抱いて、店の中に入れようとすると、振り払って駆け出していった。平助は呼び止めたが、一目散に遠ざかっていく。

「おい。誰か、追いかけて見守ってやっておくれ」

　手代がひとり追っていった——。

　お歌が急ぎ足でやってきたのは、深川の高山家だった。

　そこには、やはりいつものように炊き出しをして、子供らが遊んでいる風景があっ

た。おかみさん連中に囲まれて、何か冗談話をしている吉右衛門の姿があり、縁側で横になってくつろいでいる和馬も見えた。

表門を入るなり、お歌は吉右衛門に声をかけた。

「ご隠居さん……」

「おお、これは『寿屋』の女将《おかみ》さん。相変わらずお綺麗ですな」

「私のこと知ってますよね」

「もちろん。この炊き出しができるのは、『寿屋』さんのお陰です。深川診療所の藪坂先生も感謝の言葉もないと」

「いや、そうじゃなくって……あの黄金の髑髏とか、天正大判の話も夢じゃないですよね……たしか会津の江戸家老の内藤様は切腹を免れて、勘定奉行の酒垣様とやらは罷免になったのも……」

「ええ。あなたたちが一芝居に加わってくれたからです」

「で、ですよね……」

「女将さん、どうかしたのですか？」

「いえね。後藤家から戴いた五百両で、再建したと思ったのですが……なんだか、もう火事の後からずっと店を続けてたみたいな感じがして……」

「そうですか。それは良かったですね」

「良かったって……」

不安げに見るお歌に、吉右衛門はいつもの穏やかな微笑みを投げかけて、

「あなたの思い描いた二十数年が、改めて実現したんです」

「夢じゃないですよね……」

「平助さんも婿養子にしては、頑張っているではありませんか……ここに慶長小判を持ってきて、十一両と交換した平助さんとは、まったく違ってますね。これからも、お幸せに……それと、喜捨も少しはよろしく」

吉右衛門はそれだけ言うと、おかみさん連中の輪の中に戻っていった。

お歌は思い切り、自分の頰をつねった。

「い、痛い、痛い！」

その声は、江戸中の青空に響き渡ったようだった。

初夏のそよ風が垣根越しに吹いてきて、騒々しい高山家を優しく包んだ。憂いも悲しみも流してしまう爽やかな風だった。

第三話　無理な心中

一

いつの世も叶わぬ恋に絶望した男と女が辿《たど》る道として、心中《しんじゅう》があった。

元禄から享保《きょうほう》にかけて、近松門左衛門《ちかまつもんざえもん》の『曾根崎心中《そねざき》』や『心中重井筒《かさねいづつ》』、そして『冥途《めいど》の飛脚《ひきゃく》』などの〝心中物〟が大流行であった。世相が名作を生んだのだが、逆に歌舞伎《かぶき》や浄瑠璃《じょうるり》から、若くして道ならぬ恋に陥《おちい》った者たちが増えた。

それゆえ、享保の一時期、幕府は心中を扱った芝居を禁止し、心中を扱った読売を売ることも止め、その板木すら焼き捨てたのである。心中とは、心の隅々まで見せて、他に惚れた者がいないと示し合うことだ。情念や情熱による〝情死〟によって、またの世で一緒になることを誓い合うことが流行《はや》れば、お上としては心中を減らそうとして当たり前であろう。

しかし、江戸時代にあっては、親や親戚が決めた相手としか夫婦になれない。結納《ゆいのう》の席で、夫や妻になる人と初めて会うことも珍しくない。家と世間に縛られて生きていかねばならない。だからこそ、本音で惚れ合った若いふたりは心中を選んだのである。

天保《てんぽう》年間の今、ここにも——心中をせざるを得ないふたりがいた。

神田紺屋町《こんやちょう》にある文字どおり紺屋《こんや》『前橋屋《まえばしや》』の跡取り息子・久市《ひさいち》と油問屋のひとり娘・お園《その》である。

ふたりはある日、芝居小屋で偶然、隣り合わせ、お互い一目《ひとめ》惚《ぼ》れになった。後の世にいう〝天保の改革〟によって一旦は、中止になった芝居小屋だが、遠山左衛門尉の計らいにより、庶民の楽しみである歌舞伎や人形浄瑠璃、寄席《よせ》などが復活し、江戸庶民で賑わっていた。

この日——。

紺屋『前橋屋』では、ちょっとした騒動が起こっていた。紺暖簾《のれん》の店先に集まる野次馬も少しずつ増えてきて、

「何だ何だ」「何が起こったんだ」「番頭が店の金を盗んだんだってよ」「しかも吉原《よしわら》

の遊女に入れあげてたとか」「身のほどを知らんのかな」「馬鹿な奴だ」

などと他人事《ひとごと》だと思って、好き勝手に騒いでいた。

店内の土間は広く、中庭口にも暖簾が下がっており、その傍《かたわ》らには格子の出窓があり、反対側には帳場があった。そこに、ちんまりと座っている中年の番頭・吟平《ぎんぺい》は、主人の徳兵衛《とくべえ》に申し訳なさそうに、

「申し訳ありません……給金の前借りをしたつもりでございます。どうか、ご勘弁下さいまし、旦那様」

とすっかり恐縮している。

徳兵衛は還暦過ぎの人の良さそうな商人だが、苦労を重ねてきた顔つきで、無言のまま番頭を睨みつけている。傍らには、内儀のお辰《たつ》も五十半ばで、旦那とともに店を切り盛りしてきた様子だった。

帳場の後ろは奥に続いており、間仕切りの衝立の前には、客人が腰掛けられるように縁台がある。そこには、手代ら数人が心配そうに成り行きを見ていた。

「お金は必ずお返し致します。どうか、どうか……」

床に額《ひたい》を擦りつけて謝《あやま》る吟平を忌々《いまいま》しげに見ているのは、徳兵衛よりもむしろお辰の方だった。女ゆえ、遊女にうつつを抜かしている奉公人のことが許せないようだ。

「吟平……おまえは小僧の頃から、随分と可愛がったつもりだけどねえ。こんな裏切りに遭うとは思いませんでしたよ」

「本当に申し訳ございません」

「謝ったって、店の大事なお金は返ってきませんよ。それに、遊女を身請けしてどうするつもりなんですか」

「み……身請けではありません……ただ……ただの揚げ代です」

「へえ。遊郭に上がるのに二十両も三十両もかかるのですか」

「いえ、安い方なんですよ、これでも」

「——馬鹿かい、おまえは。どの面下《つら》げてそんなことが言えるんだい」

「どの面って……私はごらんのように〝ひょっとこ〟みたいな面ですから……でも、この顔に癒やされるって、太夫《たゆう》にはよく褒められるんですよ」

バシッと手元にあった算盤《そろばん》で机を叩いたお辰は、

「もういい！　暇をやるから出ていきなさい。金輪際《こんりんざい》、その面を見せないようにッ」

と、腹立たしげに言ったが、徳兵衛の方は「まあまあ」と宥《なだ》めた。

「吟平もこうして反省しているようだし、今度ばかりは許してやろうではないか」

「どこが反省しているのですか。安くついただの、この面でも太夫を癒やすだなどと、からかっているじゃありませんか」

「でもまあ、三十両なら安いのは確かだ」

「おまえさんも通ってたんですか」

「まさか。俺はおまえ一筋、今の吟平のように土下座をして嫁に来て貰ったんじゃないか。浮気のうの字もしたことないよ」

徳兵衛が穏やかな口調で言うと、吟平は大きく頷いて、

「それは本当ですよ、女将《おかみ》さん。旦那様は本当に石部金吉《いしべきんきち》で、私が誘っても岡場所すら行きませんからね。生真面目すぎて融通が利かないから、紺屋の白袴《しろばかま》なんて言われてます……あ、これは意味が違うか。ほんと、自分のことよりも他人様のことばかり。みんな、女将さんのような人にどうして惚れ続けてるのか、不思議でしょうがないって話してますよ」

「…………」

「そこに並んでる手代たちもね……あっ。これは悪口じゃないですよ。本当に仲の良いご夫婦で羨ましいなということで」

「もういいよ……本当に出ていっておくれ。胸くそ悪い」

お辰が吐き捨てるように言ったとき、店先の野次馬を割って、北町奉行定町廻り同

心の古味覚三郎が入ってきた。後ろからは、いつもの岡っ引・熊公も一緒である。古味が居丈高《いたけだか》な振る舞いで、

「盗っ人とは、そいつか」

と十手《じって》で吟平を指すと、徳兵衛は吃驚《びっくり》して腰を浮かした。

「ぬ、盗っ人だなどと……いえ、違います。盗みなぞはしておりません」

「だが、女将のお辰が自身番に、泥棒が入ったと報せに来たようだが」

古味の言葉に、徳兵衛は困惑したように、

「お辰……なんで、そんなことを」

「だって、盗みは盗みじゃないか。店の者だからって庇《かば》うつもりはありませんよ」

厳しい口調のお辰に、吟平はまた両手をついて、

「も……申し訳ありません。つい魔が差してしまって……どうか勘弁して下さい」

「謝って済むなら、俺たちは用無しだ。まさか、おっ母さんの薬代が欲しかったなんぞと、大嘘をつくつもりじゃないだろうな」

「おっ母さんは五つのときに死んでます……お金は必ず返します、へえ。どうか、ご勘弁を」

そう繰り返す吟平だが、古味は容赦なく、

「言い訳なら番屋で聞いてやるから、一緒に来るんだな。店の金に手を出したら、主人に対する不忠義と同じ。しかも、小判を三十枚も盗んだなら死罪だ。覚悟しとけよ」

と言うと、熊公はすぐさま御用縄で縛りつけた。

引っ立てようとすると、徳兵衛が進み出てきて、

「どうか、お待ち下さいませ、古味様」

「庇う気持ちは分かるが、罪は罪……苦労して守ってきた紺屋の暖簾に傷がつくぞ」

「吟平は十一の時から奉公してきましたし、奉公人が金を盗んだからといって、誰かが困ったわけではありません。日頃から、お金の扱いは厳しく躾《しつ》けてきたつもりでございますが、私の不徳の致すところ……どうか、お縄にだけは」

「いや。おまえの店だけなら内輪の話だ。でも、余罪があるやもしれぬから、こうして捕らえに来たのだ」

「余罪……まさか、そんな……」

「遊女に入れ上げて借金も重ねている節がある。その借金を返すために人を騙したこともあるようなのだ」

徳兵衛は啞然としたが、お辰は腹立たしさを抑えた顔で、

「――らしいんだよ。だから、私は届け出たんですよ。こんな恩知らずとは思ってもみませんでした……ほんと怒りを通り越して悲しい……まったく」

と愚痴るように言った。

その時、ずっと野次馬の中で見ていたのか、すらりと背の高い役者のような風貌の商人が店の中に「ごめんなさいね」と入ってきた。年の頃はもう四十半ばくらいだが、着物の着方から所作まで、歌舞伎に出てきそうな雰囲気だった。

お辰も思わず、「あっ」と目を燦《きら》めかせるくらいだった。亭主の徳兵衛とは正反対の色男に見えたからである。その視線に気づいたのか、徳兵衛はお辰の袖を引っ張った。

「古味の旦那……私です。日本橋の油問屋『河内屋《かわちや》』の主《あるじ》、与兵衛《よへえ》でございます」

男前の商人が声をかけると、古味とは顔馴染みなのか、

「これは『河内屋』の……」

「ちょっと見ておりましたが、内輪の話ならば事を荒立てることはないのではありませんかね。いえ、私は何も関わりはありませんが、見たところ、番頭さんもいたく反省をしている様子ですし」

「いや、しかしな、こいつは……」

「余罪があるとのことですが、それならば、事実をハッキリさせてから捕縛に来てもよろしいのではありませんか。身許《みもと》は分かっているのです。逃げも隠れもできないでしょう」

与兵衛が庇うように言うと、さっきまで恨みがましく言っていたお辰が、

「だから、言ったじゃないか、おまえさん……」

と徳兵衛の背中を叩いた。

「人は誰でも魔が差すことがある。こうして謝っているのだし、内輪のことだから許してあげたらいいじゃないですかあ」

「お、おい……なんだよ、急に……そもそも、おまえが……」

「その『河内屋』さんのおっしゃるとおりでございます。子供がやらかした悪戯《いたずら》と思って、許してあげなさいな、おまえさん」

お辰の掌《てのひら》返しのような態度に、古味と熊公は訝《いぶか》しげに見ていたが、与兵衛は察して、古味の懐《ふところ》に一朱銀を入れて、

「まあ、ここのところはどうか……ご足労、ありがとうございました」

「ど、どういうつもりだ」

「いつものことです。堅いことおっしゃらずに……では、私はこれで……」

与兵衛は、徳兵衛とお辰にも一礼してから、悠然と立ち去った。

「いい男ッぷりだねえ……粋《いき》で鯔背《いなせ》で、伊達男《だておとこ》だねえ……」

お辰は何が嬉しいのか頰をほんのり赤らめて、眩《まぶ》しそうに見送っていた。その目の前を徳兵衛が掌《てのひら》で煽《あお》っていると、

「只今、帰りました」

声があって、手っ甲脚絆の旅姿の若い男が帰ってきた。

紺屋『前橋屋』の跡取り息子の久市である。野次馬たちはすでに散り始めていたが、妙な様子に勘づいた久市は、

「何かあったのですか、お父っつぁん」

「え、ああ、まあ……それより、八王子《はちおうじ》までご苦労だったね」

「いいえ。私の足なら半日です……いい農家に出会えて、立派な藍蓼《あいたで》を仕入れることができましたよ。また変わった風合いの染め物ができるのではありませんかねえ」

父親にも増して真面目そうな久市は、荷物を解いて早々、仕入れてきたという染料や見本の布を見せて、

「少し緑味を帯びてますがね、これが日に当たっていると、紫色に変わってくるんです……しかも汗などの臭いも消して、虫除けにもなりますからね。これをうちの売り

にして、ますます繁盛させようじゃありませんか」

商売熱心な感じも、父親譲りであろうか。今を盛りに咲いている薄紅色《うすべに》の小花のことを伝えながら、新しい染め物について、疲れも見せずに話していた。

徳兵衛は息子の成長を喜ぶような顔で見ており、お辰も頷きながら、

「そろそろ嫁を貰わなきゃねえ……久市、おまえはもう二十三なのだからねえ……実は組合肝煎りから縁談があるんだよ」

「いいよ、おっ母さん。嫁なんて、まだまだ……」

「おやおや。まさか好いた娘ができたんじゃないでしょうね。この子、子供の頃から、けっこう隠し事が多かったから」

「何を馬鹿な話を……私はお父っつぁんとおっ母さんには、何でも話しておりますよ」

「そうかい？　いやらしい浮世絵だって、黙って見てたじゃないか」

「あはは。そんなガキの頃のことなんか、ちっとも覚えてませんねえ。私は今、紺屋のことで頭が一杯です」

「これは頼もしいことで……」

親子三人が楽しそうに笑うのを、手代らと一緒に、吟平は申し訳なさそうに見てい

たが、疎外感を覚えたのか、少し寂しそうになって、ひとり奥に行くのだった。

二

翌日、両国《りょうごく》の花火が夜空を染めていた。散らばっている星の煌《きら》めきなど、ぜんぶ消してしまうほどの鮮やかな花火を見上げて、大川端や橋の上には、老若男女がごった返しで楽しんでいた。

「玉屋《たまや》あ！　鍵屋《かぎや》あ！」

花火がドンと上がるたびに、馴染みの大きな掛け声がかかる。まるで稽古でもしたかのように、人々の声が揃っている。いずれも花火を作る店の屋号だが、玉屋は鍵屋から暖簾分けをしてもらった。大川の上流と下流に分かれて、花火の艶《あで》やかさや華やかさを競う姿は、江戸の名物中の名物だった。

その雑踏の中に――。

久市がおり、誰かを探すかのように、人波を分けていた。

ドドン、ドドンと花火の音がして、その輝きが照らす人々の中に、ひとりの娘の顔が一際、美しく燦めいた。その娘も、花火を見上げておらず、人混みの中に誰かを見つけようとしているようだった。

「あっ、久市さん」

「お園ッ――」

ほとんど同時に声を掛け合って、間にいる数人の見物客を抜けるようにして、ふたりは手を伸ばして指先が触れた。その時、ドドンとまた花火が宵闇に散って、久市とお園の顔を照らした。

久市はお園の手をしっかりと握ると、

「会いたかったよ」

と言ったが、その声も花火の音に掻き消されていた。

お園は取り立てて美人というほどではないが、笑顔が恵比寿《えびす》様のようで人を癒やすような温《ぬく》もりがある。花柄の派手な振袖を着ているが、悪くいえば馬子《まご》にも衣装だった。

ふたりは手に手を取り合って、窮屈な両国橋の上を渡ると、人がいなくなった通りや路地、掘割沿いの道などを歩いて、着いたところは富岡八幡宮の境内だった。

花火の輝きも音も遠くになったが、縁日のように出店が並んで、参道も境内も賑わっていた。鳥居を抜けて本殿の前で、ふたりは並んで手を合わせて、

——どうぞ夫婦になれますように。

と拝んだ。

ふたりが出会ったのは、もう一年ほど前だが、旅芸人の宮地《みやち》芝居があった時だった。演目は、捨て子となった子供が、渡世人となって母親を探して旅をするというような物語だった。人殺しになってしまい、お上に追われる身となっても、母親を探し出して、稼いだ金で楽をさせたいという、そんな芝居だった。

久市もお園も、二親《ふたおや》に恵まれ、人並み以上の贅沢《ぜいたく》な暮らしをさせて貰える身分だったが、芝居には共感して涙した。たまたま座席で隣り合っただけだが、お互いに惹かれるものがあったのだ。

その場で、久市は思わず声をかけた。奥手《おくて》の久市にとっては勇気のいることだった。お園の方も、男から誘われることがあまりなかったから驚いた。が、母親のお沢《さわ》と一緒だったから、軽く頷《うなず》いただけだった。

数日後、商いの出先で、久市はまたお園を見かけた。偶然が重なったことで、

——これは神様がくれた運命《さだめ》だ。

とふたりとも思い込み、声を掛け合ったのが、本当のふたりの〝馴《な》れ初《そ》め〟となったのだった。

久市とお園は屋台のみたらし団子を手にして、子供のように歩きながら、しばらく会えずにいた間のことを話していた。

「私、久市さんが八王子まで行ったから心配で心配で。だって、甲州街道って、野盗がよく出るんでしょ」

「そんなことはないよ。どの宿場も安心して泊まれるしな」

「無事に帰ってくれて良かった……」

「はは。まるで今生《こんじょう》の別れのような言い方だな。俺はずっと一緒にいるよ」

「だったら、久市さん……私のこと、お父っつぁんとおっ母さんに話してくれた？」

「それが、まだなんだ。言いそびれて……」

「どうして？」

「だって、お園は凄い大店《おおだな》のひとり娘だし、俺なんか相応《ふさわ》しくないだろうって」

「うちに婿入りはできないのね」

「親父は許してくれるだろうけど、おふくろはどうだろう……それに俺は藍染め職人みたいなものだし、紺屋も潰すわけにはいかないし、それに……」

「それに……？」

「うちのことより、お園の家の方が許してくれるかどうか……だって、日本橋の油問屋『河内屋』といえば、公儀御用達《ごようたし》で油問屋組合の肝煎りだ。お園のお父っつぁんが許してくれるわけがないと思う」

謙《へりくだ》ったように言う久市に、お園は愛嬌のある笑顔を投げかけて、

「うちは大丈夫だと思う。お父っつぁんは決して、人のことを金持ちとか身分とかで見る人じゃない。おっ母さんもそう……人柄が一番だって、いつも話してるもの」

「でも、夫婦になるかどうかってことになると色々とあって、自分たちだけでは決められるものじゃないから」

「そんなの、どうにでもなるわよ」

お園は〝楽天家〟のようだが、久市には世間知らずの娘にしか見えなかった。だが、なんとか一緒になりたいと願っていた。

表参道に出たとき、人混みが増えて、よろっと人がぶつかるように倒れてきた。

「あっ」と思ったとき、お園の持っていたみたらし団子が相手の着物に当たった。見事にタレがべったりとついてしまった。

「ごめんなさい。申し訳ありません」

すぐにお園は謝ったが、目の前にいるのは人相の悪い遊び人風だった。

「ねえちゃん。脇見しながら歩いてんじゃねえよ」

「ごめんなさい。着物の弁償は致します」

頭を下げて謝ったが、遊び人風に容赦する様子はない。明らかに言いがかりだが、久市も平身低頭で詫びた。

「申し訳ありません。私は紺屋です。着物の扱いも慣れておりますので、綺麗に汚れを落としますから、ご勘弁下さいまし」

「はあ？　汚れを落としますだと。ふざけんじゃねえ。こちとら、今から大事な用事があるんだ。こんな姿で行けってのか。すぐに着替えを用立てろってんだ」

「あ、でも……」

「でもクソもねえ。金出しゃ済む話だ」

と遊び人風は手を差し出した。

「そういうことですか……」

久市の顔色が少し変わって、言葉遣いもぞんざいになった。

「ぶつかってきたのは、そっちです。でも、この混雑だから、お互い様ってことにしませんか。汚れは落としますので、いつでも訪ねてきて下さい。私は……」

「ふざけるねえッ。おい、兄ちゃん……女《いろ》と一緒だからって、格好つけるんじゃねえぜ。若いだけで、岡場所にも売れないようなツラした娘といちゃついて、そんなに嬉しいのか」

「人の妻になる人のことを、馬鹿にしないで下さい」

「ほう。大した度胸だな。痛い思いをしてえのか」

「痛いのは嫌いです」

「からかってんのか、てめえ！」

遊び人風は殴りかかったが、久市はスッと避《よ》けて、前のめりになった相手に足を掛けながら背中を押した。無様に倒れ込んだ遊び人風はすぐに立ちあがると、形相を変えて懐《ふところ》から匕首《あいくち》を抜き出した。

その時、ぶらりと歩いてきた人影が、遊び人風の背中にベタリとみたらし団子をぶつけて、タレで汚した。

「あ、これは相済みません……転びそうになったもので」

と声をかけたのは――吉右衛門だった。

「お召し物を汚してしまいました。今日のところは、これでご勘弁下さい」

吉右衛門は小判を一枚出した。

久市とお園はエッと見やったが、遊び人風は小判に手を伸ばそうとした。だが、次の瞬間、小判で相手の頰を叩いた。

「いてッ。な、何しやがる、爺《じじ》イ！」

「すみませんな。ピンタひとつで我慢して下さいと申し上げたのです」

「ふ、ふざけるな」

「匕首なんか突き出して、洒落《しゃれ》じゃ済みませんぞ。それとも、ピンタではなくて、牢屋敷で百敲《ひゃくたた》きの刑になりたいですかな」

「うるせえ。爺イ、おまえからだ」

と乱暴に突きかかったが、何をどうしたのか、クルンと猫が反転するように転がって、背中から地面に落ちた。その弾みで、匕首が自分の太股に刺さった。

「あたたッ。痛え、痛え……！」

のたうち廻る遊び人風のもとに、自身番の番人が駆けつけてきた。

「これは、ご隠居、如何なされました」

「なんだか知らないが、独《ひと》りで転んで持ってた匕首で自分の足を刺したみたいですよ。町医者にでも連れていってあげて下さい。でないと、血が流れて大変なことになりますな」

飄然《ひょうぜん》と話す吉右衛門に、番人は言われるまま従った。遊び人風は「覚えてやがれ」と叫んでいたが、この辺りでは知られたならず者なのであろう。番人に引きずられるように連れていかれた。

「どうも、ありがとうございました。大丈夫ですか、ご隠居さん」

久市は心配そうな顔で言うと、吉右衛門は微笑《ほほえ》み返して、

「あなたも大人しそうな顔をして、なかなかやりますな。柔術でもやってましたかな」

と訊いた。

「ええ、お父っつぁんから少し手ほどきを……といっても、護身のためです」

「そうでしたか」

「お父っつぁんは人は良いのですが、悪くいえば、人と揉めるのを嫌がっているだけで……揉めても何の得にもならないって」

「それは立派な処世術です。つまらぬ喧嘩で人生を台無しにした人は沢山いますから……では、いつまでも二人仲良く……花火を見るよりも、お互いの顔を見てましたからな」

「えっ……」

「先刻、橋の上でも見かけたのですよ。みんなが空を仰いでるのに、おまえさん方はぐっと手を握りしめて」

久市は吉右衛門の言い草に驚いたが、お園は恥ずかしそうに顔を伏せた。

「ですがね……あの人混みの中で、最初に手を触れたのは私のです……間違って握って、違うと思ったのかサッと放して、また手探りで……」

ふたりは不思議そうな顔をしていたが、

「とにかく、お幸せに……」

吉右衛門はふたりに微笑みかけて、何事もなかったかのように立ち去った。

三

翌朝、吟平はふてくされた顔で、店の前で掃除をしていた。その後ろで、お辰がまだ金をくすねたことで文句を垂れている。責めるような目つきは変わらない。

『紺屋といえば『前橋屋』と少しは知られている店ですよ。なのに町方同心にまで睨まれて、評判がガタ落ちですよ」

「――町方を呼んだのは、女将さんじゃないですか」

吟平は箒《ほうき》で地面を払いながら言うと、お辰の声はさらに苛《いら》ついて、

「なんです、その言い草は。やっぱり、あんたは、自分がやらかしたことを悪いとは

思ってもいないのだね」

「そんなことありません……」

「だったら素直に人の話を聞いたらどうだい、まったく……紺屋仲間から一目《いちもく》も二目も置かれる『前橋屋』の面汚しだよ。この前は、油問屋の『河内屋』さんが取りなしてくれたから、あんたもお縄にならずに済んだんだからね。分かってるのかい」

「へえ。承知してます」

「おまえは、うちで何を学んできたんだい。商人というのは一度でも失敗したら終いなんですよ。うちの旦那も下手《へた》したら、手が後ろに廻ってたのですよ」

「ですから、それは……」

自身番に駆け込んだのは女将さんではないかと言おうとしたが、吟平はやめた。ここで、「すんません。申し訳ありません」と泣けば、お辰の気持ちもすっきりするのかと思ったが、裏表のあるお辰のことが、吟平はあまり好きではなかった。

「なんだい。嫌なら、店を辞めて貰ってけっこうなんだよ。どうせ、何処も雇ってくれないよ。番頭にしとくのだって、不安だよ」

お辰がまた嫌味を言ったとき、表通りをぶらぶらと久市が帰ってきた。

「向こうまで丸聞こえだよ、おっ母さん……吟平は謝ったのだから、許してあげたらどうだい。金のことばかり言ってると、却《かえ》って世間様から疎《うと》まれるよ」

久市が声をかけると、お辰は我が子には溺愛しているような笑顔になって、

「お帰り。昨夜はどうだった？」

「え、ああ……とても楽しかったよ。久しぶりに啓助《けいすけ》や喜三郎《きさぶろう》らに会えて、花火を見ながら大騒ぎだった。少し飲み過ぎたかな」

と久市は適当に答えた。そもそも、手習所の頃の友だちと両国の花火を見て、釣り仲間の家に泊まると嘘をついていたのである。お園と出会茶屋で一晩を過ごしたということは、口が裂けても言えなかった。

「そうかい。それは良かった。吉原に大金払って朝帰りする奴より、よほどいい」

お辰はチラリと吟平を見てから、店の中に入る久市を追った。

「ふん……何も知らないで……」

チッと吟平は舌打ちした。久市が女と逢い引きしていることを、吟平は承知しているような態度だった。だが、何処の誰かまでは知らないし、そのことを責めるつもりも毛頭なかった。ただ、

――どうせ人に言えないような相手だろう。

と吟平は思っていた。

店内では、まるで何日も留守にしたかのように、手代たちは久市を出迎えて、和気《わき》藹々《あいあい》と楽しそうに話をしていた。

そんな様子を見ていると、吟平の胸中には複雑なものが過《よぎ》った。自分は小僧の頃から一生懸命頑張ったから、徳兵衛にも認められて番頭にも抜擢された。給金も上がった。だが、なぜか店の者たちとは仕事のことだけで、心から交流したことがなかった。

吟平が手代たちに厳しいからではない。むしろ、どんな文句でも拾い上げてきたし、手代たちの失敗も自分のせいにしたこともある。だが、家族のように打ち解けなかったのは、自分が幼い頃に親兄弟を失ったからかもしれないと感じていた。

まったくの天災による不幸だった。吟平は荒川《あらかわ》の上流にある小さな村で育ったのだが、大雨による洪水で、田畑ごと一家が流されたのだ。幸い吟平だけは、川岸に流れ着いて九死に一生を得ることができ、遠縁である徳兵衛の店で小僧になった。

生まれつき器用なのもあって、藍染めの仕事もすぐに覚え、年上の手代たちよりも上手《うま》いくらいだった。職人だから無口だったし、自分の身の上の不幸も話したくないので、酒席などからもなんとなく遠ざかった。

いつも曖昧な笑みを浮かべているため、癒やされる顔だとみんなには言われるが、決して褒め言葉ではなかった。惚れた女のひとりやふたりいないことはなかったが、やはり女房子供を得たとしても、不幸が待っているのではないかという不安の方が大きかった。徳兵衛からは縁談を勧められたこともあったが、仕事一筋に生きると理由をつけて、断っていた。

だが、久市が年頃になって、いずれ徳兵衛を継いで『前橋屋』の主人になると思うと、つまらない気がしてきた。

——俺の働きがあって、久市は大きくなれたようなものなのに……俺はずっと、こいつに奉公しなきゃいけないのか……。

という微かな嫉妬心が、吟平に湧いていたのである。

——ゆうべだって、金をくすねた罰だからと、自分だけは花火も見ないで仕事をしていたのに、あいつはどこぞの女と、しかも親にも言えない女とよろしくやっていたのか……金払って吉原で遊ぶのとどっちが悪いんだい。

吟平はそう思うと、久市の相手が何処の誰なのか知りたくなった。だが、これは嫉妬というよりも、何処かの悪い女に引っ掛かって、店をどうにかされるのではないか、騙されているのではないか……という〝老婆心〟に似たような感情だった。

そんな思いが吟平にあるとは露知らず、久市は昨夜の花火の美しさを、手代たちと一緒に話していた。

夕方になって、商いが一段落ついたと思ったとき——。

久市は思い切って、お園のことを話そうと決心し、帳場で算盤を弾いている徳兵衛に神妙な態度で声をかけた。

「お父っつぁん……折り入って話があるのですが……」

「後にしてくれ。年のせいか、間違ってばかりで情けないったらありゃしない」

と珍しく苛ついて、算盤をジャラと鳴らして、珠《たま》を置き直した。

「この前、おっ母さんが組合肝煎りからの縁談をと話してたけど……それはハッキリと断っておいて下さい。実は……」

「それなら、お辰に言いなさい。ああ、また間違えた。おい、吟平」

怒ったような口調で「番頭！」と呼ぶと、吟平は頭を下げながら来て、やはりチラリと久市を見てから、帳場に座った。

「——では、今夜、夕餉のときにでも……」

久市が奥に入ろうとしたとき、

「ごめんなさいよ」

と声があって暖簾を潜《くぐ》り、与兵衛が入ってきた。

その顔をアッと見た久市は、油問屋『河内屋』の主人で、お園の父親であることはすぐに分かった。なぜか思わず、久市は奥に続く廊下に身を隠した。

「どういうことですかな、徳兵衛さん」

感情は極力抑えているものの、先日とは違って、少し不遜な態度であった。

「これは、『河内屋』さん、先日はどうも……」

「どうもじゃありませんよ。あなたには裏切られた思いです」

徳兵衛は何事かと驚いたが、与兵衛の方は迫るように、

「身に覚えがありませんかねえ」

と訊いた。

「もしかして……倅《せがれ》のやらかしたことでしょうか」

申し訳なさそうに徳兵衛が訊き返すと、与兵衛はシッカリと頷いて、

「息子さんは息子さん、父親は父親……私はそう心得ておりますが、人にはやっていいことと悪いことがあるのではないですかね」

「はい。おっしゃるとおりでございます」

「昨夜は海開きで、厄除けの花火でしたが、とんだ疫病神です」

「申し訳ございません……」

「そりゃね、この前のこともあり、うちと関わりができたのは結構なことです。私も神田の紺屋『前橋屋』とならば、親戚付き合いもできるのではと思ったくらいです。言っては失礼だが、番頭の吟平さんへの対応も、なかなかだと見てました」

「恐縮です……」

「ですから、私も余計なことをしたのですが……ご子息のことを思えばこそ、こちらも商人ですから我慢をしたのです。しかし、あの御仁《ごじん》にまでご迷惑をかけられてしまっては、私の立つ瀬もありません」

「は、はい……」

「私もひとり娘を持つ親として、徳兵衛さん、あなたの気持ちは分からないでもない。しかし、一言だけでも先に伝えて欲しかった」

「本当に申し訳ございません……倅の久市は女房が可愛がりすぎたせいか、少し甘えたところがあります。何でも許されると思うところも……しかし、倅の責任は私の責任でもあります。改めてお詫びに参りますので、どうかご勘弁下さいまし」

「勘弁するかどうかは、あなた次第です。私もあなたと同じで事を荒立てるのは嫌いですから、今日のところは退散しますがね……事と次第では、この紺屋の暖簾を外す事態にもなりかねませんよ。そうお含みおき下さい」

与兵衛は毅然と言いたいことを伝えると、背中を向けて店から出ていった。吟平や手代が丁重に見送ったが、与兵衛は振り返りもせずに遠ざかっていった。

そこへ、お辰が帳場の奥から見ていたのか、

「なんだい、おまえさん……『河内屋』さん、すっかり怒ってるじゃないか。一体、何をしたんだい……」

と訊いた。が、徳兵衛は首を横に振りながら、

「なんでもないよ。おまえが心配することじゃない。ああ、大丈夫だよ」

「だって、私が可愛がりすぎた、どうのこうのと話してたじゃないの……一体、何があったんです。私に言えないことですか」

「いや……私が悪いんだ。キチンと相手の話も聞かないで、与兵衛さんがもう親戚のようなものだと言ってくれたことに、調子に乗っただけかもしれない」

「──本当に大丈夫なんですか……あんな格好いい人なら、親戚になってくれれば御の字なんですけれどねえ」

「そこですか……まあ、いい。後は私が処理するから、久市には何も言うんじゃありませんよ。いいですね」

念を押すように言ってから、徳兵衛はまた苛々と算盤をジャラッと鳴らすと、帳簿

を睨みつけるのであった。その横では、吟平も何事かと見ていたが、チラリと廊下の方を見やると、久市が覗いていた。

「…………」

すぐに逃げるように奥に引っ込む久市の姿に、吟平は曰《いわ》くありげに目を細めた。

四

その夜――日本橋『河内屋』の奥座敷では、与兵衛と妻のお沢がふたりして、深刻そうな顔で俯いていた。今宵は花火の音も聞こえず、深閑としているので、夫婦の溜息がやけに大きく響いた。

「どうするかねえ……このままでは、『河内屋』の看板に傷がつく」

与兵衛が囁くように言うと、お沢は黙って聞いていた。大店の主人の内儀らしく、楚々《そそ》として余計なことは言わないという態度だった。それでいて、男前の与兵衛に似合いの美形であった。

それもそのはず、お沢は吉原でも屈指の人気太夫で、妓楼《ぎろう》にかなりの金を払って身請けした相手だった。親は元より、周りの親戚連中も反対したが、与兵衛とお沢はいわば、儚《はかな》く終わるはずの恋をまっとうしたのだった。

与兵衛は周りに隠すどころか、自分の女房を自慢して廻っていたほどだ。お沢の方も遊女であったからこそ、気取ることはなく、江戸屈指の油問屋の内儀として、商売の手伝いも惜しまずやってきたのである。

「――問題は『前橋屋』さんのことだ……悪気はなかったのだろうが、赤っ恥をかかされたのは確かだ」

「そうですね……」

「うちとしては、若年寄の柏倉大和守《かしわぐらやまとのかみ》様の機嫌は損ねたくない。しかしね、お園のことを持ち出されてしまっては、こっちもなんと返してよいか困ってしまってね……」

「私が元は遊女の身だとはいえ、娘にそんな思いはさせたくありません」

「しかしな、このままでは『河内屋』が公儀御用達でなくなるかもしれない……それはそれで覚悟はできているがね。まさか娘のことで、こんな思いをせねばならぬとは」

「ほんに辛うございます」

与兵衛とお沢はまた深い溜息をついて、しばらく沈黙していた。

「何か妙案はございませんか……諦めさせるための手立てがないのでしょうか」

胸に手を当てて、お沢が苦しそうに問いかけても、与兵衛も苦痛に顔を歪めるだけであった。そして、ぽつりと、

「お園に……言って聞かせるしかないかな……このままでは柏倉様も納得すまい。まさか……まさか、あの『前橋屋』の息子が、あのようなことをするとは……」

と言うと、お沢はさめざめと涙を浮かべながら、

「もしかしたら、功を焦ったのでしょうかね。紺屋といえば、じっくりと染めなければならないのに、手順を間違えたのでしょうか」

『前橋屋』は染物、洗い張り、湯のしなど全てを引き受けている〝悉皆屋《しっかいや》〟同然だが、ひとつ間違えればやり直しがきかない。それゆえ、物事の前後を弁《わきま》えなければならない。

「としか言いようがないが……お沢、おまえはどう思うかね」

「さあ……紺屋には仕事柄なのか、絵師が沢山おりますよね。長谷川等伯《はせがわとうはく》に鈴木其一《すずききいつ》、歌川国芳《うたがわくによし》……『前橋屋』さんのご子息も絵心があるとのことですが……まさか、お園を浮世絵にするなんてことは、ありませんよね」

「それはなかろう。おまえなら分かるが、我が娘ながら、器量はさほどではない。願

わくば、柏倉様の願いも叶えたい……」

と話していた与兵衛は、人の気配を感じて、障子戸を開けると、廊下に、お園が呆然と立ち尽くしていた。

「なんだね……盗み聞きとは、はしたない、お園……」

与兵衛が思わず責めるように言うと、お園は悲しそうな目で、

「『前橋屋』の息子のどこが駄目なのですか」

「えっ……」

「では、どこならいいんです。お父っつぁん、おっ母さんッ」

「な、何を言い出すんだ、いきなり」

訳が分からないという顔で与兵衛は手を伸ばしたが、お園は泣き出しそうな声で父親の腕を振り払って、

「絶対に嫌ですからね。私は、お店のために身売りをするつもりはありません。ええ、おっ母さんのようにね」

と悪《あ》し様《ざま》に言った。

「おい。母親に向かって、おまえ……！」

「お父っつぁんはお金で、おっ母さんを買ったようなものじゃないですか。だから、

公儀御用達の看板を下ろしたくない一心で、娘の私を利用するのですか」

「何の話をしているのだ、おい……」

困惑する与兵衛に向かって、お園は涙を拭って、毅然と言った。

「たしかに、私は昨夜、花火を見た後、向島《むこうじま》の寮には行きませんでした。久市さんとずっと一緒でした」

「えっ……？」

与兵衛とお沢は顔を見合わせた。

「どういうことだね、お園……何のことか、落ち着いて話しなさい」

さらに、与兵衛は訊いたが、お園は首を横に振りながら、

「いいんです。お父っつぁんとおっ母さんが、周りの反対を押し切って夫婦になったように、私もそうします」

と大声で言うと、与兵衛とお沢は啞然としていた。このような態度は一度も取ったことがないし、声を荒らげる姿も見たことがないからである。お沢は心配そうに、

「どうしたんだい、お園。何か恐い夢でも見たのかい」

「いいえ。私の好きにします」

乱暴に言うなり、お園は背を向けて自分の部屋の方に戻っていった。とっさに、お

沢が追おうとしたが、与兵衛は止めて、

「立ち聞きをしていて、何か誤解をしたのだろう。今宵は柏倉さんと会うから、お園には明日、きちんと言って聞かせるよ」

と静かに頷くのだった。

だが——お園はこっそりと勝手口から出ると、大通りを神田の方に小走りで向かった。まだ町木戸が開いている刻限だったが、何人かの番人が不思議そうに見ていた。

すると、今川橋《いまがわばし》のところで、バッタリと久市と会った。

「久市さんッ！」

「お園……!?」

ふたりは顔を見合わせた瞬間、そこで出会ったのが当然のように寄り添った。

「どうしたんだい、お園……」

「久市さんこそ……」

「おまえに会いたくて、家を出てきたんだ」

「私も……」

昨夜の体の火照《ほて》りがまだ残っているようなふたりは、肩を寄せ合って両国橋の方に向かい、柳橋《やなぎばし》の『青山《せいざん》』という出会茶屋に入るのであった。この界隈には逢い引きする者も多かったが、なんだか様子が変だと思ったのか、出会茶屋の女将は、

「おふたりさん。若いねえ。なんかあっちゃいけないから、お名を聞かせて貰いましょうかね。できれば何処の若旦那かも……」

と言いかけて、

「おやまあ。紺屋の若旦那じゃありませんか……まあ、びっくり……お父さん譲りの石部金吉と聞いてましたがね。もしかして、お嫁さんを貰うんですか」

「はい。そうです」

返事だけはハッキリしたが、久市は挨拶もろくにせずに、お園の顔を隠すようにして、二階の奥の部屋に案内して貰った。室内にはすでに朱色の布団が敷かれてあり、行灯《あんどん》も薄暗い。菓子や冷めた茶はあるものの、他に衣桁《いこう》以外に何もない。

「ごゆっくり……いい夢をご覧下さいな」

女将は怪しげに微笑んで襖《ふすま》を閉めた。階下に降りていく足音が遠ざかると、ふたりはひしと抱き合った。

「――久市さん……絶対に私を放さないで下さいね」

「もちろんだとも。お園……おまえはずっと私だけのもの……側《そば》にいておくれ」

見つめ合う目と目には純真な輝きしかない。お互い、疑うことなどまったくないほど澄みきっていた。しばらくじっと相手の温もりを感じていると、

「このままでは、私は誰かの妾《めかけ》にさせられそうなのです」

「えっ。誰かって……」

「柏倉大和守という若年寄のです」

「わ、若年寄……！」

恐れ多くて、その役職すら口にできないほど雲の上の人だった。だが、公儀御用達商人の『河内屋』与兵衛にとっては、いわば商売相手であり、頻繁に会っていた。

「お父っつぁんは柏倉様を利用し、柏倉様もまた『河内屋』から富を得ているのです。もちつもたれつ……その関わりを続けるため、公儀御用達の看板大事さに、お父っつぁんは私を……」

「それは、あまりに酷い話だ」

「だけど私……久市さんと離れたくない」

さらに、しがみつくお園を、久市も受け止めて頰ずりをしながら、

「だから、うちにも『河内屋』さんが怒ってきてたんだな」

「えっ……どういうこと」

「うちのお父っつぁんに、なんてことをしてくれたんだと怒ってた……どうやら、昨夜、一緒だったのを、お園のお父っつぁんは気づいていてたらしく、うちに文句を言いに来ていたようなんだ」

「そ、そんな……」

「お父っつぁんは平身低頭で謝ってたよ……私は……いや俺はもう……矢も楯もたまらず……お園を奪いに行こうと思ったんだ」

「昨夜のふたりだけの〝花火〟のことは、お父っつぁんにばれてたのね……だから、もし久市さんと一緒になったりしたら、柏倉様の妾にできないから、お父っつぁんは困るんだわ」

「自分の娘を……いくら店のためとはいえ、そんなことを……酷すぎる。それでも父親か……なんて人だッ」

久市がさらに強く抱きしめて、

「放さないよ……ぜったいにおまえを放さないよ……」

と耳元に囁くと、お園は切なそうな声で「私も」と何度も頷いていた。

そんな熱いふたりの様子を――。

隣室から襖をほんの少しだけ開けて、覗いている者がいた。

番頭の吟平だった。ふたりの姿を目の当たりにして、深く同情したような、それでいて何かにせっつかれたような顔で見ていたが、そっと襖を閉じるのであった。

その後ろでは、出会茶屋の女将が座っていた。吟平は一礼すると、

「ありがとうございます……どうか、ふたりを見守っていて下さいまし……」

と小さな声で言った。吟平は密かに店から出ていった久市のことが気になり、そっと尾《つ》けてきていたのである。

五

同じ夜——山下御門《やましたごもん》内にある若年寄・柏倉大和守の屋敷を訪ねてきた与兵衛は、平伏して謝っていた。

その前で、ほろ酔い加減の柏倉は、機嫌のよい笑みを浮かべ、

「与兵衛……おまえが気にすることはない。いや却って愉快、愉快……紺屋の久市とやらも、なかなかの商人と見た。いずれ世に出る若者やもしれぬな」

と褒めた。

与兵衛は胸を撫で下ろして、酒の酌《しゃく》をしながら、

「ご高配を賜り、ありがとうございます」

と改めて深々と頭を下げた。

すると、柏倉は傍らにあった絵を数枚、差し出して見せた。宗達《そうたつ》のような紅梅の梅、北斎《ほくさい》や広重《ひろしげ》のような富士山の絵、はたまた歌麿《うたまろ》や写楽《しゃらく》のような人物画が並べられた。

「今野幽狂《いまのゆうきょう》……という おかしな画名で色々と描いているらしいが、なかなかの才覚がある。おまえもそう思わぬか」

「私は絵心はサッパリでございまして……」

柏倉は以前から、絵を〝鑑賞〟するのが好きで、有名無名を問わず手に入れて、部屋に飾って眺めていたのである。絵画の板元なども、柏倉が絵が好きだと承知しており、売り込みなどにも来ていた。

そんな中で、今野幽狂という絵師が気になっていたところ、調べてみたら、なんと紺屋『前橋屋』の息子・久市だったのである。さっそく、『前橋屋』に使いを出して問い合わせたところ、丁度、久市は八王子に出かけているとかで、父親の徳兵衛に話をしたのだが、どうも息子が絵を描いていたことなど知らなかったらしいのだ。

今野というのは〝紺屋〟、幽狂というのは〝遊興〟をもじっていると、板元からは聞いたらしいが、柏倉はぜひ当人と会ってみたいと思っていた。

それで、たまたまのことだが、与兵衛が『前橋屋』内の揉め事に立ち合ったのが縁で、徳兵衛と一度、食事をしたことがある。徳兵衛の方からお詫びの代わりとの誘いだった。

与兵衛は、徳兵衛の人柄を一度、会っただけで分かったのか快く受け容れて、昔話から商売の話、女房や息子や娘の話など、色々としたのである。もちろん、この時、ふたりは自分たちの息子と娘が密かに惚れ合っていることなどは知らない。ただただ、商人同士として肝胆相照《かんたんあいて》らす仲に、一瞬にしてなったのである。

ところが、その話の中で、柏倉大和守のことが出た。徳兵衛は、大和守の使いが来たことを与兵衛に伝えて、

『倅はたしかに子供の頃、よく絵を描いていたが、それでは到底、飯が食えるわけがないので諦めさせ、紺屋の修業に専念させていたのです。だから、遊興のつもりで絵を続けていたようなのですが、柏倉様に一度、お引き合わせ下さいませんでしょうか』

と徳兵衛は頼んだ。

与兵衛は親戚同然だからと快諾してくれたので、徳兵衛はすぐに柏倉に面談できたのだが、その折、息子の絵のことよりも、紺屋としての売り込みに終始したのだ。

徳兵衛としては、『河内屋』を利用するつもりなど更々なかったが、柏倉にはそう

見えたようで、徳兵衛の話が商売のことばかりで絵の話ではないので不愉快になった。柏倉はその不満を与兵衛に伝えたので、与兵衛は『前橋屋』まで出向いたのだった。

だが……。

久市は、その様子を見ていて、

――花火の夜に、お園と過ごしたことがばれて、怒ってきた。

と誤解したのである。

もちろん、久市の気持ちなど、与兵衛は知る由もない。

一方、お園の方も、二親の与兵衛とお沢が、

――自分を柏倉の妾にして、公儀御用達の看板を守ろうとしている。

と思い込んで、家を飛び出したのである。だが、このこともまだ、与兵衛は勘づいてもいなかった。何か不機嫌なことがあったのだろうと思っていた程度である。

「ところで、柏倉様……うちの娘、お園のことでございますが……」

「うむ。二度ほど、おまえと同席したが、なかなか素直な娘だと感じた。どうだ。悪い話ではないと思うがな」

「はい。しかし、大奥など、恐れ多くて腰が引けてしまいます」

「大奥といっても、御茶之間《おちゃのま》といって、御目見得以下で、御台所様の身のまわりの世

話役だ。決して、上様のお手つきにはならぬ」

「ええ、しかし……」

「大奥の勤めは嫁入り修業のようなものだ。箔も付いて、良い入り婿を探せると思うのだがな……まあ、無理にとは言わぬ」

柏倉は強引に勧めるつもりはないが、公儀御用達商人ならば考慮して損はないぞと、親身になって伝えた。だが、与兵衛は恐縮しながら丁寧に事情を話した。

「いつ娘が気づいたのか、実は先程……お園が頑《かたく》なに嫌がりましてね……勘違いだとは思うのですが、店のために身売りをするのは嫌だとごねましてな……そんなに看板が大切なのかとまで言われました」

「ごねる……とは、また大袈裟な……」

〝ごねる〟とは元々、「死ぬ」という意味で、当時は自死や心中を意味していた。ゆえに、柏倉は心配して、

「そこまで言うなら大奥入りすることはない。余計な心配をさせたな」

「とんでもありませぬ」

「もしかしたら、惚れた相手でもいるのではないか？」

「まさか。それは、ありません。自分で言うのもなんですが、乳母日傘《おんばひがさ》育ちで、婿も

私に任せるとまで言ってくれてますし……」

　と言いかけて、与兵衛は俄《にわか》に不安になった。

「そういえば、『前橋屋』の息子のどこがいけないのかとか、寮には行かず、久市さんとずっと一緒だったとか話してた」

「む……？」

「ああ、もしかして……！　柏倉様。ちょっと急用を思い出しましたので、今宵は失礼致します。申し訳ありません」

　与兵衛は深々と頭を下げて立ちあがると、そそくさと座敷から引き上げるのだった。

　自分の店に戻った与兵衛は、真っ先にお園の部屋に行こうとしたが、すでに店の中は、お沢や番頭、手代らが「お園がいない」と大騒ぎの最中であった。

　お沢はおたおたと与兵衛にしがみつき、

「寝間に行ったら、布団が丸まっているので、ふて寝でもしているのかと思ったら、中にお園はいなくて……裏木戸が風に揺れていて」

　と泣き出した。

　すでに何人かの手代らは、お園を探しに出ていて、自身番にも届けたという。自ら家出したのではなく、拐《かどわ》かしなどの事件に巻き込まれたかもしれないからだ。

泣きながら座り込んだお沢は、震えながら与兵衛に言った。

「きちんと話を聞いてやればよかった……あの娘《こ》……近頃、ちょっとおかしかったんですよ。そわそわしていて……もしかしたら惚れた男《ひと》でもいたのかもしれない……だから、あんな風に……」

「大丈夫だ。お園は短慮《たんりょ》をするような馬鹿な娘じゃないよ」

「でも、私たちだって思い詰めて……一度は死のうとしたじゃないですか」

「あれは、おまえの気を惹くためだ」

「えっ、そうだったのですか」

「そんなことより、お園だ。おい、みんな手当たり次第、探しておくれ。いいな」

「あ、そうだ……『前橋屋』がどうの、久市さんと一緒だったとか言ってたが、本当
残っている手代たちにも、与兵衛はけしかけるように命じてから、
におまえは知らなかったのか」

「何をです……」

「お園に惚れた相手がいたのを、本当は知っていて、私には隠してたんじゃないのか」

「いいえ。まったく……」

「手練手管《てれんてくだ》のおまえが分からぬとは……まったく、お園は何を考えてるのだ」

「——手練手管だなんて、おまえさん……私は心底、おまえさんのことを……」

「分かってるよ。今はその話どころではない。どうしよう……ああ、どうしよう……そうだ。『前橋屋』だ。息子の久市さんが何か知っているかもしれない」

与兵衛は転がるように店を飛び出していった。足が引き攣るほど懸命に走って、神田まで来ると、閉まっている『前橋屋』の表戸をドンドンと激しく叩いた。

しばらくすると、潜《くぐ》り戸の覗き窓が開いて、徳兵衛が顔を見せた。すぐに与兵衛だと気づいて、扉を開けるなり、

「こんな刻限に、一体どうしたのです、『河内屋』さん……」

「どうもこうもない」

与兵衛は転がり込むように店の中に入って、

「久市さんはおるかね……柏倉様が一度、会いたいとおっしゃっている」

「そ、そんなことを言いに……」

「水を一杯くれませんか……走り詰めで来たので……」

「へ、へえ……」

すぐに台所の方に行って、湯呑みに水を汲んできた。与兵衛は喉《のど》を鳴らして飲むと、

ふうっと一息ついてから、

「お園が……娘がいなくなった」

「ええ⁉」

「もしかしたら、久市さんと一緒かもしれないんです」

「えっ……それはどういう……」

訊き返す徳兵衛の胸ぐらを摑む勢いで、

「知らないのかね、本当に」

と迫った。

「うちの倅が何かしでかしましたか……『河内屋』さんの娘さんとは、縁がないと思いますが、何かの勘違いでは……」

「いいから、探して下さい。いないのですか」

声が上擦《うわず》るほど焦って、与兵衛が迫っていると、奥から寝間着姿のお辰が出てきて、

「何の騒ぎですか……」

と言いかけた顔がハッと強張って、恥ずかしそうに少しはだけていた衿《えり》を直した。

与兵衛はすぐにお辰に向かって訊いた。

「息子さんはいますか。出して下さい」

「久市なら……ええと……」

暢気《のんき》そうに恥じらっているお辰を押し退けるようにして、徳兵衛が奥に向かった。

しばらくして戻ってくると、

「いない。何処にもいない。でも、久市の部屋にこんなものが……！」

と書き置きされていた紙を見せた。

絵心があるだけに、なかなかの達筆で、こうしたためられている。

『お父っつぁん、おっ母さん。立派に育てて下さり深く深く感謝しております。ですが、河内屋のご主人様はとても怒っておりましたね。到底、許してくれそうもないので、お園とふたりで相談をして、先々のことを決めたいと思います。夢が叶わなければ、ふたりして花火になりたいと思います。久市』

それを読んだ与兵衛は、わなわなと震えて、

「まさか、心中でもするつもりじゃないだろうね……ねえ、徳兵衛さん」

と縋《すが》るように言った。

徳兵衛とお辰も突然のことに、動揺していたが、

「事情はよく分かりませんが、とにかくふたりを探しましょう。なぜ、こんなことになったのか、サッパリ心当たりはありませんが……それは後にして、とにかく……」

と立ちあがったとき、潜り戸から吟平が入ってきた。

与兵衛がいたことに驚いたようだが、すぐにお辰が険悪な感じで声をかけた。

「おまえ……まだ性懲《しょうこ》りもなく、吉原で遊女遊びなぞをしてたのかい！」

「あ、いえ……」

「番頭の身でありながら、店の金に手を出して、謝ってたのは大嘘かい。そんなに遊女がいいなら、吉原で働いたらよろしい」

憤慨したように言うと、与兵衛の方が間に入って、

「吉原遊女がそんなにいけませんか」

「えっ……」

「私の女房は遊女上がりです。世間でいう女郎です。そんなに悪し様に言われなければいけないほど、はしたないものですか」

「いえ、私は何も知りませんで……」

お辰は恥ずかしいのと申し訳ないのが入り混じって、その場に座り込んだ。あらぬ方に話が向かったので、徳兵衛が取りなそうとしたとき、吟平が言った。

「大丈夫です。ふたりは、柳橋の『青山』という出会茶屋におります。〝人間到る処青山有り〟……骨を埋める所は何処にでもあるということです」

「ばか。縁起でもないことを言うな」

「あ、いえ。夢や望みを実現するために、その場に拘《かか》わらずに広い世間に出ていけという意味でして、その……」

「おまえに言われなくても分かってる、馬鹿……でも、どうしておまえが……」

知っているのだと不思議そうに、徳兵衛や与兵衛が見やると、吟平は説明した。

「夕方、『河内屋』さんがうちに来て何やら怒っていたとき、久市さんの様子が変だったので、ちょっと窺《うかが》っていたのです。そしたら、そっと店から出ていき……お園さんと落ち合いました」

「落ち合った……？」

与兵衛が訊くと、吟平は頷いて、

「でも、偶然とのことでした。なので余計、ふたりは盛り上がって……」

「そんなことは、どうでもいい。柳橋の『青山』という出会茶屋だな。間違いないな」

「はい。この目でちゃんと確かめました」

吟平の言葉を受けて、与兵衛が飛び出していくと、徳兵衛も追いかけようとした。

お辰は寝間着のまま羽織を肩から掛けると、

「おまえさん……私は化粧をするから、ちょっと待って……」

「おまえは、ば、馬鹿かッ」

「だって、与兵衛さんがいるんですもの……」

「好きにしろ」

徳兵衛が猛然と後を追うと、吟平は案内をすると言って一緒に駆け出した。

出会茶屋の女将は、与兵衛や徳兵衛たちが押しかけてきたとき、まるで承知していたかのように案内をした。商売柄、心中をしそうな男女の雰囲気には敏感なのだ。しかも、久市であることは知っていたので、すぐさま二階に案内した。

すると、そこには――ふたりの姿はなかった。窓は開けられたままであり、生ぬるい夜風が吹き込んでいた。

六

中村座《なかむらざ》の舞台は――大坂新町《おおさかしんまち》の遊郭・妓楼『槌屋《つちや》』の座敷である。妓楼を借り切り、三味線《しゃみせん》や太鼓が鳴る中で、お大尽の『鳴門屋《なるとや》』が名調子で踊っている。

それを遊女の梅川《うめがわ》が眺めており、傍らには豊川《とよかわ》や早瀬《はやせ》、八千代《やちよ》、鶴江《つるえ》など他の遊女たちもいて、手拍子をしていた。

梅川・忠兵衛《ちゅうべえ》と呼ばれる『冥途の飛脚』の芝居が行われているのだ。これは、大金を扱う飛脚問屋の養子・忠兵衛が、遊女の梅川と恋に落ち、他人の小判の〝封印切り〟をしてまで、梅川を身請けしてしまう。罪人となった忠兵衛は、梅川と手に手を取って逃げる。そんな物語の最中だった。

浮かない顔の梅川の手を握りしめ、鳴門屋はいやらしい笑みを浮かべた。

「さあさ、梅川。おまえも一緒に踊らんか。今日はめでたい仮祝言。ささ、来い来い」

半ば無理矢理、手引きをして踊る鳴門屋は実に嬉しそうだが、梅川はまったく浮かぬ顔のままである。

手拍子をしている幇間《たいこもち》が、

「お大尽。いや、今日は実にめでたい。梅川さんは色々な苦労を背負ってきた可哀想な女。どうか幸せにしてやって下さいまし」

「そのつもりで身請けするのや。言われるまでもない。のう、梅川……」

鳴門屋が顔を覗き込むが、梅川は冴えない表情のままである。

「あ、はい……」

「なんや。嬉しいないんか？」

「そんなこと、おへん」

「ほなら、もっと喜んだ顔してみせてくれ」

梅川は笑おうとするが、顔が強張ってしまう。傍らで見ていた豊川はニッコリと、

「鳴門屋さん。女は嬉しい時ほど、どないな顔してええか分からんもんどす。梅川も緊張しすぎて、堅うなっとるだけどす」

「そうなんか？」

梅川が小さく頷くと、豊川はまた代弁するかのように、

「きっと梅川は、旦那さんとふたりだけになりたいんどすわ。二階で、ゆっくりとしとくれやす。さあさあ」

豊川はふたりを階段の方へ、半ば強引に退散させてしまった。

入れ違いに、丹波屋八右衛門《たんばやはちえもん》という商人が飛び込んでくる。この男が、忠兵衛を遊女遊びに誘っていた男で、梅川との馴れ初めに関わった人物である。

「これは丹波屋さん……」

声をかけた豊川に、八右衛門は狼狽した様子で、

「ち、忠兵衛は来てないやろな」

と尋ねた。

「へえ。今日は、ご覧のとおり、お大尽と梅川の仮祝言。めでたいついでに、貸し切りですわい。よろしかったら、丹波屋さんも馴染みの女をつけまひょか」

「それどころやない。ほんまに来てないのやな」

「へえ……なんぞ、あったんどすか」

八右衛門は安堵したように、

「おまえらみんな聞いといてくれ。今日が仮祝言なら、もう心配いらんかもしれんが、忠兵衛が梅川を訪ねてきても、絶対に会わせんといてくれ。それが、あいつのためなんや」

「分かってます」

「絶対やで」

念を押した八右衛門に、豊川は言った。

「でも、梅川はほんまは辛そうやった……お大尽のこと好きやないし……好き嫌いやない。男と女は縁やと、梅川も自分で言うてたけれど……惚れてもない男と一緒になるのは、あまりに可哀想や」

「何が可哀想や。後で、必ず感謝する。自分は果報者やとな。忠兵衛には土台、身請けなんぞ無理な話。前に渡した、あの五十両の金かて、本当は俺が預けてた金や」

「ええ？　ほんまどすか⁉」

「梅川の手前、ええカッコしたかっただけやろうが、色男、金と力はナントヤラや。もっとも、忠兵衛がそこまで梅川にはまり込むとは思わんかった……ここに連れてきた俺のせいかもしれへんなあ」

しみじみと言う八右衛門に、豊川は切なそうに、

「そこまで無理をして、梅川のことを女房にしたいのは、それほど、思うてるということやないですか」

「真面目な男やさかいな。いっときの心の乱れや」

「そうやろか……私も初めは、梅川がアホや思てたけど、気持ちは分かる気がする……同じ身の上の女やからな」

この辺りで、忠兵衛は遊郭の入り口辺りに来ているが、誰も気がついていない。忠兵衛は格子窓の外に身を隠して聞いている。

「忠兵衛は幾ら金があるちゅうても、所詮は飛脚問屋。千両二千両と金があっても、人の金。身代はなんもかんも入れて、せいぜいが二十貫目。たかが知れてる」

「そやけど、実家は大和の大百姓とか」

「それかて知れてるわい。金持ちなら、飛脚問屋に養子なんぞに出すもんかい。この儂でも、年に一貫目くらいの金は色町に出すが、忠兵衛の奴は柄《がら》にもなく、梅川にのぼせ上がったのがいかんのや。しかも、お大尽と張り合うて、ずっと揚げ続け。てまえの稼ぎじゃ到底、追いつかん」

「そうどすな」

「頭金の五十両を払うたといっても後の二百両。あいつに払えるわけがない。そこが考えなしちゅうのや。俺に返す五十両の当てもないのに、そんな大金どうやって工面できる？　それこそ盗みでも働くしかないやないか……こうなりゃ、釈迦《しゃか》や達磨《だるま》の意見も聞かんやろ」

そこまで話したとき、忠兵衛が座敷に猛然と上がり込んできて、

「よう言うたな、八右衛門！」

「忠兵衛……やっぱり、おまえ……儂との約束を破るつもりかッ」

「何をぬかしやがる。黙って聞いてりゃ、俺の親の悪口まで言いよってからに！　おまえ、何様のつもりや！」

「落ち着け、忠兵衛」

「三人寄ればなんとかというが、よくもこの忠兵衛の棚卸しをしてくれた。俺の恥を

廓中に広めて、そんなに笑いものにしたいか」

「バカを言うな。儂は、おまえがこれ以上、泥沼にはまらぬようにじゃな……」

「じゃかあしい！　おまえに頭を下げた俺がアホやった。今すぐ五十両返してやるから、手を出せ！」

忠兵衛が懐に手をやると、八右衛門は思わず、抱きつくように止め、

「やめんか、忠兵衛。たわけも大概《たいがい》にせんか。おまえの性根を取り戻させようっていう、俺の親切心やないか」

「それが余計なお世話じゃちゅうのや」

「懐の金はどうせ、どこぞの蔵屋敷に届けるものと違うんか。そんなのに手え出してみい。土下座では済まされんぞ。のぼせ上がる前に、届ける所へ届けッ。しっかりせんかい！」

「この金を他人の金とぬかすか……！」

懐から出した三百両の金を、忠兵衛はみんなに見せつけ、

「なんも知らんくせに、ええ加減なことを。こ……これはな、おまえがバカにした、俺の親父が持たせてくれた持参金じゃ。よそに預けてたのを……梅川の身請けのために持ってきたのや」

忠兵衛は包みをほどいて、八右衛門に投げつけた。もろ顔面に受けた八右衛門は思わず立ちあがって、

「男のツラに何をするのや！」

慌てて、豊川や男衆が止めようとしたが、その騒ぎに降りてきた梅川が、八右衛門に手を合わせて頭を下げた。

「――そこで聞いてました。あれもこれも、すべてこの梅川のため。どうか許して下さいまし」

そして、忠兵衛に向き直り、

「どうか、どうか、落ち着いて下さい。かような廓に来るものは、どんな持丸長者《もちまるちょうじゃ》でも金に困ることはあるもの。ここでの恥は恥ではありますまい。人の金の封を切って、お上の縄に縛られる方が、よっぽどの恥でしょう」

と懸命に訴えた。

「梅川、おまえまで……！」

「私もたった今、覚悟ができました」

「覚悟……？」

「やはり、お大尽の世話にはなりません」

梅川は鳴門屋に向かって謝った。

「なんやて……梅川、おまえ……そんなに私のことが嫌なんか」

驚く鳴門屋を毅然と振り返り、「申し訳ありません」とキチンと頭を下げてから、梅川は精一杯誠意を込めて言った。

「このまま借金を背負うても、後二年や三年待てば済むことです。もしお父さんがあかんちゅうたら、余所《よそ》の廓に買うて貰うまでです。忠兵衛さん、どうか我慢しとくれやす」

だが、封印の金を持ったまま一瞬、ためらうが、

「やめてくれ、梅川。俺をそこまでバカにするんやない！」

「忠兵衛さん……」

「これは俺の金や……親父が持たせてくれた金や……手付けの五十両。おまえの身代金が二百両。おい。これはいつぞや付けた帳面の借財、それから五両は遣手婆《やりてばば》への心付け。そして、これは……」

しだいに、興奮のあまり全身が震えてきて、

「九月からの揚げ代が十五両……いや面倒やさかい二十両で帳消しにせえ。この十両はおまえへの礼。それから、豊川、八千代、鶴江……おまえたちの祝儀や」

忠兵衛は封印を切りながら、バラバラになる小判を、半ば放心したように投げ与えるのであった。だが、梅川は必死に抱きつき、

「やめて下しゃんせ、忠兵衛さん……」

「まだ信じてないのか、梅川。ええな、これで梅川は俺のものや。仮祝言はしまいや。今日中に、この廓から出られるよう手配りせえ。ええから、早うせい、早う！」

梅川をひしと抱きしめる忠兵衛を睨みつけて、鳴門屋は憎々しげに、

「ふたりとも……いずれ悔やむで……」

「いいえ、決して……」

忠兵衛にさらに強く抱きついて、梅川は泣き崩れるのであった。

だが、所詮は人の金である。忠兵衛は梅川を連れて逃げたが、奉行所から追われる身となったのである。

その芝居を——。

涙ながらに見ていた久市とお園は、しっかりと手を握り合って、お互いを見つめ合った。何も語らずとも、梅川忠兵衛のように、心が通じ合っていたのだ。

「私は絶対に、人のものにはならないから……」

お園が囁くのを久市が受け止め、ふたりの気持ちが高まったときである。

「おや。このまえのおふたりさんでは、ありませぬか」

隣の桟敷から声がかかった。ふたりが振り返ると、そこには吉右衛門がいた。小普請組旗本の高山和馬と産婆で骨接ぎの千晶も一緒である。吉右衛門はいつものように、ニコニコと笑っている。

その顔を思い出した久市は、「ああ……あの時は」と曖昧に挨拶をした。お園も不思議そうに思いながらも、軽く頭を下げた。

「一度の偶然は何処にでも転がっているのですが、二度目となると縁があるのです」

吉右衛門はさりげなくそう言ってから、

「幕間に見つめ合うとは、かなり芝居に感情が入ってますな。はは、心中物が好きなのですかな。私はどうも……」

好きではないと言って、和馬様と千晶に付き合ってきただけだと聞かれてもないことを話した。和馬は大きな欠伸《あくび》をして、

「俺も付き合いだ。芝居は嘘っ八だらけだから好きではないが、こいつが……」

と軽く千晶の肩を叩いた。

「私も本当は心中物はあまり……だって、思い込みが激し過ぎますもの」

「思い込み……？」

訊き返す吉右衛門に、千晶が当然のように頷いた。

「だって、冷静になって考えてみれば、思い違いとか勘違いってこと多いんです。もっとも芝居では、早とちりで人を殺したり、死んだりするから、ハラハラするんでしょうけどね」

「思い込み、勘違い、早とちり……なるほど。まさに、和馬様のようですな」

吉右衛門がからかうと、和馬は好きなだけ言えという顔をしていた。千晶は、久市とお園に講釈を垂れるように、

「だって、そうじゃない。この芝居だって、梅川が身請けして貰いたがっていると、忠兵衛が思い込んだから、人のお金にまで手をつけた。馬鹿だよね……梅川の方もさ、『やはり、お大尽の世話になりません』なんてケツ捲《まく》らないで、身請けして貰ったらいいのに」

「…………」

「もし、和馬様が忠兵衛で、私が梅川だったら、お大尽に身請けして貰って、その後で、こっそりと忠兵衛に会うなあ」

「えっ……」

若いふたりは興《きょう》が削がれたように、千晶を見た。

「だってね、あんな大金、忠兵衛にはないんだからさ、お大尽の鳴門屋に身請け金を払って貰って、一旦、遊郭からは自由の身になれば、違う展開になるわよね」

「………」

「鳴門屋だって自分の女房にするわけではない。囲い女にする気だろうから、ちゃんとした夫婦ではない。だから、梅川がこっそり忠兵衛と出会茶屋で会ってても、不義密通とはいえないんじゃ……鳴門屋は年だし、そのうちポックリ死ぬかもしれないし、そしたら晴れて、忠兵衛と梅川は一緒になれる」

千晶は自説に酔っているように話しながらも、

「それを言っちゃ、身も蓋もないけどね」

と、ペロリと舌を出した。

「なるほど」

吉右衛門は感心しながら頷いた。

「これで罪人となった忠兵衛は、自由の身にしてやった梅川を、連れ廻すことになってしまいますものな。次の場の新口村《にのくちむら》では、梅川が忠兵衛の父親と、息子の嫁とは名乗らずに会う芝居がある。泣けてくるが……結局はお上に捕まって終い」

「………」

「これは近松が書いたものですが、現実の話では、忠兵衛だけが殺されて、梅川は結局、また新町に戻ったのでしたかな」

久市とお園は、隣り合った吉右衛門と千晶の話を聞いていてすっかり興が削がれた気がした。

「そういえば、お名を聞いてませんでしたな……」

「私は久市で、連れはお園です」

久市は自然に答えた後、シマッタという顔になった。すると、和馬が振り返って、

「ほう……なんか、久松《ひさまつ》とお染《そめ》みたいな名だなあ……俺は『新版歌祭文《しんぱんうたざいもん》』……お染久松の方がまだマシだと思うなあ……」

「…………」

「裕福な商家のお嬢様と丁稚《でっち》なら、許されぬ恋に落ちたのだから、気持ちは分かる。だが、久松にはお光《みつ》という許嫁《いいなずけ》がいて、野崎村《のざきむら》の実家に戻されてしまい、許嫁と祝言を挙げてしまうんだけれど、お染が来てしまうんだよなあ……男としたら、たまらんなあ」

「はは。心中する気持ちが分かりますかな、和馬様」

「いや、分からぬ。思い詰めたときというのは大概、千晶の言うとおり、思い込みや

勘違い、早とちりかもしれぬからな」

「ですな。心中の決意をしたふたりが、別々に帰っていく場面は泣けてくるけれど……よくよく考えてみれば、一度、頭を冷やしたら、お染久松も死ぬことはなかろうに……と思いますな。一番可哀想なのは、捨てていかれた許嫁のお光でしょうに、わっはっは」

芝居に水を差すようなことばかり言う吉右衛門たちを、他の客たちも聞こえていたのか、白けた顔で見ていた。

幕間が終わって、新口村の場に移ろうというとき、久市とお園は桟敷から立って、まさに道行のように、ふたり手に手を取って、芝居小屋から出ていったのであった。

七

「——この世の名残り、夜も名残り。死に行く身をたとふれば、あだしが原の道の霜。一足ずつに消えていく、夢の夢こそ哀れなれ……これは『曾根崎心中』だったね。浄瑠璃だけど、一度、観に行った。その時も、誰にも黙って、ふたりきりで……」

と呟きながら寄り添うお園の肩を、久市はしっかりと抱いて、真剣なまなざしで、

「いっそのこと死のうか……お園が若年寄のものになるなんて、考えるだけで頭がおかしくなってしまいそうだ」

「私も嫌です……お父っつぁんは、どうしても私を連れて帰って、柏倉様に届けるつもり。だから、昨夜、『青山』まで来たんだと思う……誰かに気づかれて、見張りがついていたのね、きっと」

「最期の最期に好きな芝居を観ることができてよかった……出会ったのが芝居なら、別れるのも芝居……」

「別れるんじゃないわ。これから、ずっと未来永劫《えいごう》、一緒にいられるんだもの」

ふたりは、いつしか永代橋の上まで来ていた。飛び降りれば死ねるかもしれない。遙か遠くには富士山が見えていて、その向こうには極楽があるかのように輝いていた。

一緒に溺れるようにするためか、久市はお園の帯締めを解くと、自分の帯に挟んだ。その残りをお園の帯に挟んで、しっかりと結んだ。通りがかる人々は、ふたりの姿が目に入っていたが、

——近頃の若いのは恥ずかしげもなく人前でよくいちゃつけるものだ。

と思っている程度であったのだろう。見て見ぬ振りをして通り過ぎた。

一緒に欄干に手をかけたとき、

「久市さんとお園さんでしたかな……また会いましたな」

と背後から声をかけてきたのは、吉右衛門だった。

芝居の途中で出たのだから、尾けていたのは明らかだった。水を差されたようなふたりは背を向けたままだった。

「何か用ですか」

久市が海の方を見たまま言うと、その顔の前に吉右衛門が財布を差し出した。

「忘れ物ですよ。芝居小屋の桟敷で……」

「…………」

「ずっしりと入っているので、よほど大切なお金だろうと思って、すぐに追いかけたのですが見失って……で、通りがかりの人や辻番などに聞きながら探してたんです。そしたら、ほら、すぐそこの橋の番人が……」

指さすと橋の袂で、番人がふたりの方を見ていた。

「はい、どうぞ」

吉右衛門が手渡そうとすると、久市は苦笑いをして、

「六文銭だけあればいいですよ」

「え……？」

「私たちにはもう要らないお金です」

「――妙な塩梅ですな。まるで芝居の〝封印切り〟でもしたかのような感じですが、これはお返しします」

半ば強引に久市の懐に入れようとしたとき、帯締めで二人の体を結んでいるのが見えた。

「お芝居では吉右衛門はそれをチラリと見て、

「お芝居では綺麗事で幕が下りますがね、現実は甘くないものでね、この世を捨てて、あの世で一緒になるなんてことは、なかなかできないんですよ」

「…………」

「そもそも、さっきの梅川忠兵衛だってね、捕まりましたが、本当は片方だけ死んで、女の方は生き残ったらしいですよ。そしたら、目も当てられない。残された方は一生、罪の念を感じて生きていくか、後追い心中になるか……」

おどろおどろしい顔になって、吉右衛門はふたりを見つめて、

「御定法《ごじょうほう》でもね、こう決まっているのです。心中未遂の男女は、三日間も晒されるんです。日本橋の高札場とかにね」

「日本橋……」

お園の方がボソリと言った。

「ええ。あんな衆目の集まる所に、恥ずかしいでしょう。それに、心中した者の亡骸は埋葬が許されず、刑場の片隅かどこかで、朽ち果てるまで放置です。その前に、烏《からす》などがついばむでしょうな」

「…………」

「もし、男が生き残ったときは、〝死罪〟です。咎人《とがにん》扱いです」

「女の方は……」

思わず、お園が訊き返すと、吉右衛門は少し微笑んで、

「無罪です。女の方が弱いものだからです」

「弱い……」

「ええ。万が一、女が心中を誘ったとしても、男は毅然として生きることを諭《さと》さなければならない。どんな苦労があろうと、弊害があろうと、自分が頑張って女を守るのが男だからです。ですよね、久市さん」

「…………」

「でも、もし、商家の女主人とかが手代と心中したら、女も死罪で……最悪は、ふたりとも生き残ったら、生きたまま三日、人前に晒された上で、財産があればすべて没収です。もちろん、親戚一党にも累《るい》が及びますからねえ、何ひとつ、いいことはあり

ません」

「…………」

「しかも、芝居のように、誰からも羨ましいとも思われない。ふたりが心底、愛し合っていたことさえ、踏みにじられる」

吉右衛門が悲痛な顔になると、お園は少し穏やかな声で、

「もしかして、ご隠居さんは、私たちが何か良からぬことをしようとしている……そう勘づいて、そんな話をしてるのでは……」

「ええ。そうですよ」

「どうして、そんなことが……」

「分かったのかって？　ふたりして、花火を見ていなかったからですかな」

微笑みかける吉右衛門を、久市とお園がじっと見た。

「夫婦になるまではお互いをじっと見て、夫婦になれば並んで同じ空を見る。そんな言葉がありますが、来年は一緒に花火を見上げてますかな、ははは」

穏やかな声で吉右衛門が言いながら立ち去った。そのとき、橋の袂から徳兵衛と与兵衛が駆け寄ってきながら、

「探したぞ、久市」「心配していたのだぞ、お園」

と同時に声をかけた。

「おまえたちは何を勘違いしているのです」

「ああ、早とちりはいかんぞ、久市。何も知らなかったが、おまえのことを心配した吟平が話してくれた」

「そうだとも、お園。久市さんと夫婦になりたいのなら、こんな目出度《めでた》いことはない」

意外な言葉に久市とお園は顔を見合わせた。思わず父親たちの方へ駆け寄ろうとしたとき、帯締めのことを忘れていて、一緒に転んでしまった。

「あっ――！」

徳兵衛と与兵衛が近づくと、ふたりは抱き合ったまま座り直して、またお互い顔を見合わせて、「あはは」と笑った。すっかり死神は消えたのか、ふたりは何が可笑《おか》しいのか、ずっと笑い続けていた。

そんなふたりを見て、徳兵衛と与兵衛の方が戸惑うくらいだった。通りすがりの人々も、何事かと振り返っていたが、爽やかな陽光が橋の上を照らしていた。

半年ほどして――。

久市とお園は並んで、富岡八幡宮に参拝してから、深川診療所に来た。古寺を利用したものだとは知らなかったのか、驚いて見廻していたが、持参した数十両のお金を惜しげもなく、賽銭箱に入れた。

それを診察室にしている庫裏の方から見ていたのか、

「あら……たしか、中村座で会った……」

と千晶が近づいてきて声をかけた。

「あ……ご隠居さんとお侍と一緒だった……あなたは、ここで働いているのですか」

「産婆と骨接ぎとして、藪坂甚内先生のもとでね。でも、どうして……？」

「あれから私たち、夫婦になったんです。富岡八幡宮にお礼参りをして……初めて出会ったのが宮地芝居だったんです」

「へえ、そうでしたか」

「深川診療所は、薬代も取らず病人を診ているという噂を聞きましてね。私たちも少しでもお役に立ちたいと……」

「ありがとうございます。これも縁ですね……あ、もしかして」

千晶は、お園の少し膨らんだお腹に気づいて、

「おめでたですね」

「はい。心中を決意した前の晩の子です」

「あら……だったら、この子はふたりの縁結びですね」

「ご隠居さんに会ったら、お伝え下さい。その節はありがとうございましたって。ご隠居さんが声をかけてくれなかったら……このお腹の子と一家心中でした」

お園が微笑みかけると、千晶も笑みを返して、

「承知しました。ご隠居さんも、よく寄付してくれるんですよ……もしよければ、そのお子さんが生まれるときは、私に立ち合わせてくれませんか。おふたりの子を見てみたい」

「ええ。お願いします。お産婆さんだなんて、これも縁ですね」

幸せそうなふたりを見て、千晶はまた和馬への思いが湧き上がった。

「いつまでも、恙《つつが》なくお幸せにね」

「ありがとうございます。お陰様で、店も安泰です」

―と答えたのは、久市の方だった。紺屋の方はまだ元気な父親がやっていて、いずれは番頭の吟平が継ぐとのことだ。そして、油問屋の入り婿となった久市は、世間には秘密で絵師としても活躍している様子だった。

「それは、とてもようございました」

千晶はそのことも吉右衛門に伝えておくと話した。だが、久市は困った顔になり、

「ですがね……おふくろがチトおかしくなってしまって」

「どういうことです？」

「お園の父親のことが好きになってしまって、『河内屋』に入り浸りです。しかも、厚化粧してくるから、義母《はは》もどうしてよいか困ってるんです。赤ん坊が生まれるとますます来てしまいそうで……うちに近づけない、何か良い方法はありませんかねえ」

久市は半ば冗談で訊くと、千晶は苦笑を浮かべて、

「さあ、ご隠居に相談してみますが、人の恋路は邪魔できませんからねえ。うふふ」

と答えるしかなかった。

ふたりも顔を見合わせて笑うと、千晶に一礼をして、山門の方に立ち去った。仲睦《なかむつ》まじそうな姿に、幸あれと呟いた千晶は、

「──私にもね」

と空を見上げた。

すっかり冷たそうな冬の空が広がっていたが、流れる雲の中には温もりがありそうだった。これが春風に変わり、鯉《こい》のぼりがはためく頃には、新しい命が生まれるのだと思うと、千晶は嬉しくなった。ささやかな心中騒動によって芽吹いた命だった。

第四話　闇夜の罠

一

月もない寒空の下、人々がすっかり寝静まった夜中、北町定町廻り同心・古味覚三郎を始め同心三人、捕方二十人ばかりが、深川の外れ、猿江御材木蔵《さるえおざいもくぐら》近くにある泉養寺《せんようじ》を張り込んでいた。

数年前から江戸中を震撼させていた、押し込み強盗一味の隠れ家を、北町奉行所は突き止めていた。それがこの泉養寺である。

北町奉行・遠山左衛門尉景元《かげもと》は、寺社奉行の斎藤山城守成重《さいとうやましろのかみなるしげ》と話をつけて、寺社地に自ら入ってでも一味を捕縛するつもりであった。むろん、万が一、盗賊が他の寺社に逃げても、斎藤山城守の手の者も加勢して、盗賊一味を捕らえる手筈になっていた。

月のない夜で、雲が広がっていると、まさに漆黒の闇といってもよかった。寺の塀の後ろに潜《ひそ》んでいる捕方たちは息を止めているかのようだった。

遠山も陣笠陣羽織姿で、床机《しょうぎ》に座ることもなく、立ったまま盗賊が舞い戻ってくるのを待っていた。遠くで梟《ふくろう》のような声が聞こえた。それが法螺貝《ほらがい》を改良して作った合図であることは、すぐに分かった。

「──来ました……奴らです」

声を殺して古味が囁くと、傍《かたわ》らに立っていた遠山は小さく頷いて、緊張の顔で物陰から通りに踏み出した。

黒装束に身を纏った数人の一団が駆けてきたが、町方の〝軍勢〟には気づいていない様子だった。足音も立てず、身軽に跳ねるように泉養寺の表門の前に来た黒装束一味のひとりが、ピイッと口笛を吹いた。

だが、内側から扉が開かれる気配はない。

「!?……」

何か異変を感じた先頭の頭目格が、素早い判断で、「散れ」と子分たちに命じた。すぐさま四方に分かれて逃げようとしたが、その前に人影が悠然と現れた。

「イカズチの雷蔵《らいぞう》！　北町奉行・遠山左衛門尉だ。神妙にお縄につけ」

「なに……遠山……！」

雷蔵と呼ばれた頭目格はほんの一瞬、怯《ひる》んだように腰を屈《かが》めた。が、次の瞬間、ひらりと塀の上に猿のように飛び上がり、容赦なく手裏剣を打ちつけてきた。明らかに忍びの心得のある者のようだった。

手下たちも素早く逃げようとしたが、予《あらかじ》め仕掛けておいた足に掛ける罠や撒《ま》き菱《びし》などによって、その場に転倒した。捕方たちはすぐに袖搦《そでがらみ》や突棒《つくぼう》などで敵の動きを止めた。それに抗《あらが》う者たちには刺股《さすまた》で動きを止めて、六尺棒で打ちつけた。

古味も率先して、賊のひとりを組み伏せ、反撃してくる者は容赦なく腕や肩を斬った。さらに地面に引きずり倒して、逃げられないように向こう臑《ずね》を十手《じって》で砕いた。

塀の上を跳ねて逃げていた雷蔵だけは、境内に飛び降りたが、とたん、山門が開いて、古味たち同心や捕方が乗り込んだ。すでに、そこには、寺社奉行の手の者も控えており、逃げ損ねたのであろう、雷蔵が石畳に押さえつけられていた。

「お見事でござる、遠山殿。愚かにも逃げ込んだ頭目もご覧のとおりッ」

寺社方役人に組み伏せられていた雷蔵の傍らには、甲冑姿の斎藤山城守が険しい顔で立っていた。その態度や姿は、殺しや盗みを扱う町奉行顔負けの物々しさだった。

その後ろの本堂では、住職の悠源《ゆうげん》が法衣姿で手を合わせていた。かなりの老体だが、坊主頭ながら表情は険しく、足腰はしっかりしていそうだった。

遠山は斎藤と悠源に一礼すると、

「かたじけない。これで、江戸を騒がせた盗賊一味を白日の下に晒し、平穏無事が訪れることでしょう」

と古味に命じて、雷蔵の頰被《ほおかむ》りを引っ張って外した。

すると――。

その顔は、なんと若い女であった。短めの髪は後ろに束ねただけで、御用提灯《ごようちょうちん》を近づけると、化粧っけなどまったくないが、色白で凜《りん》とした目つきの美形である。

目の当たりにした古味は、「ひゃっ」と悲鳴のような声を上げ、捕方たちも驚いた。

遠山も例外ではなく、

「なんと……女か……それとも女形《おやま》の役者なのか」

と不審そうに訊いた。

だが、雷蔵はペッと唾を吐き捨てて、

「盗っ人に男も女もあるもんか。あんたが遠山のお奉行様かい。この体、抱かせてやってもいいから、見逃してくれないかねえ」

と、からかうように言った。

遠山はじっと雷蔵を見下ろしていたが、珍しく苛《いら》ついた声で、古味に命じた。

「引っ立てろ……女とは意外だが、望みどおり、その体にもじっくりと訊いてやる」

「そりゃ結構な話で……名奉行に女盗賊が寝床で取り調べを受けるなんざ、浮世絵話にすりゃ、大売れですねえ」

人を食ったような女の顔には、情けなどみじんもない冷ややかな笑みしかなかった。さしもの遠山も背筋が凍るほどの面構えだった。そんな様子を傍らで見ていた古味も、気味悪そうに身震いした。

同じ夜――。

そんな捕り物が行われていることなど知る由もなく、産婆の千晶が赤ん坊をひとり〝取り上げ〟てからの帰り道のことであった。

掘割沿いの辻灯籠《つじどうろう》に浮かぶ女がいた。通り過ぎようとしたが、どうもぼんやり佇《たたず》んでいる様子がおかしいので声をかけた。

「どうかしたんですか」

だが、女は何も返事をしないで、ただ小さな橋の向こうにある一角の町灯りを眺めているだけであった。どこにでもいるふつうの町娘のようだった。

「その橋を渡ると岡場所だから、うろつかない方がいいですよ。タチの悪いのもいますから。もしなんなら、うちに来ませんか」

「あんたも、その口かい……？」

「え……？」

「そうやって人を騙して、恐い男の所に連れてって、女郎にするつもりだね」

「違いますよ。私は、深川診療所にいる産婆です。骨接ぎもやってます」

「へえ……偉い人なんですねえ」

自嘲気味に言った町娘の顔色は、あまりよくない。もしかしたら、何か病かもしれないと思い、千晶は一緒に連れていこうとした。だが、そんな親切心の裏には何かあるのだろうと、娘は疑り深い目になって、

「ほっといて下さい。どうせ私は、裏切られてばかりの女です」

「何かあったのなら、頼りになるご隠居さんやお旗本、町医者……あまり頼りにならないけれど、よく知っている町奉行所の旦那や岡っ引もいますよ」

「それは頼もしい……だったら、私を捨てていった男を探して下さいな」

「捨てていったって、どういうことなんです」

千晶は気になって近づこうとすると、

「あなたには関わりない……もう、どうでもいいことだよ」

そう言うと、女は小さな橋を小走りで渡って、怪しげな灯りがいくつかある方へ行った。とっさに千晶は追いかけた。

すると、横合いから腕を摑まれた。振り向くと、ならず者風の男がふたりいる。明らかに岡場所の用心棒か、番太郎だった。娘は少し先まで行くと、路地に曲がってしまった。

「お富《とみ》を追ってどうするつもりだい」

「――お富さんっていうんですか」

「今月今夜、この橋の袂《たもと》で、身請けをしてくれる男を待っていたんだよ。だが、来なかった……残念だが、女郎屋に後戻りだ。それだけのことだよ」

「それだけのことって……」

「仕方がないじゃねえか。男が迎えに来ねえんだから」

だから、裏切られたって言っていたのかと千晶は思った。しかし、岡場所女郎ならば、どうしようもなかった。

「おまえも女郎になりてえのか」

「なかなか上物じゃねえか」

ならず者たちは舐めるような目つきで、千晶の胸や尻を触ろうとした。が、千晶はするりと相手の腕の下を潜《くぐ》るように後ろに廻ると、ふたりとも勝手に頭から倒れた。

「いてて……何しやがる、このアマ！」

立ちあがって追いかけようとしたが、千晶はもう診療所の方に駆け出していた。振り返ると、橋の上から、ならず者ふたりが見ていた。

その淀んだ掘割に囲まれた所は、深川七場所《ななばしょ》と呼ばれる岡場所のうち、佃新地《つくだしんち》であった。いずれも富岡八幡宮の周辺にあって、芸を重んじて、遊女も吉原のような派手さはなくて、小粋であり、情も深いとのことだった。

仲町《なかちょう》や土橋《どばし》、櫓下《やぐらした》などには、呼び出しの茶屋もあって、岡場所でありながら、男たちは吉原さながらの妓楼《ぎろう》に登る気分を味わっていたのである。

だが、色街は少なからず、若い女たちが犠牲になっており、公許《こうきょ》ではないのに、お上も放置しているのが現実だった。

「娘さん、あの橋を渡っちゃいけないよ」

ふいに千晶の背中から声がかかった。びっくりして振り返ると、吉右衛門だった。

「――なんだ……ご隠居さん、脅かさないで下さいよ。投げ飛ばすところでしたよ」

「せっかく、赤ん坊を取り上げためでたい夜なのに、嫌なものを見てしまいましたねえ……赤ん坊はどっちだったのです？」

「女の子ですけど」

「大きくなって、売り飛ばされることがないよう祈ってますよ」

「縁起でもないことを……それより、ご隠居さん。どうして、こんな所を……あっ。まさか岡場所に遊びに行くつもりじゃ」

「それも一興《いっきょう》ですがね。行くなら私ではなくて、和馬様でしょうな」

「………」

「和馬様はあれで、けっこう女にはもてますからなあ……いつぞやのお芝居のようなことにはならないことを祈ってます」

千晶はプンとふくれっ面になって、サッサと歩き始めた。

「あ、千晶さん。盗賊退治があるらしいから、気をつけて下さいよ。和馬様の話では、もうとっ捕まえたとのことですが、残党がその辺りをうろついているかもしれませんからな」

吉右衛門は声をかけたが、千晶はどんどん離れていった。

「すぐ怒るんだから……あれでは和馬様もなかなか嫁にせぬはずだ。はは」

辺りは暗いが、佃新地はまだ賑わいの灯火が空を染めていた。

二

翌日、早速、イカズチの雷蔵は、北町奉行所のお白洲《しらす》に座らされ、遠山奉行直々《じきじき》に取り調べられていた。

通常ならば、吟味方与力が〝予審〟を行うのだが、すでに盗みに入った商家や武家屋敷などから、幾つもの証拠が上がっており、後は自白だけだからである。ただ、証拠が明白な場合は、察斗詰《さっとづめ》といって、自白なしでも処刑できた。

砂利の上に直《じか》に座らされている女は、あまりの痛さに、ふうっと溜息をついたが、それも艶《なま》めかしかった。

「――イカズチの雷蔵が女とは、お釈迦様でも気づくまい。本当の名はなんという」

「…………」

「調べればすぐに分かることだ。自分から正直に言え」

「すぐ分かるなら、そっちで調べて下さいな」

「強がりはよせ。捕らえた他の仲間四人は、みな男だった。文吉《ぶんきち》、浜三《はまぞう》、藤太《とうた》、又五《またご》郎《ろう》……だ。いずれも、おまえよりは十歳くらい年上の三十男ばかり」

遠山は、肌の白い若い娘の顔を凝視して、

「そいつらは、おまえのことを、お葉《よう》さんと、さんづけで呼んでいたが……もしかして、イカズチの雷蔵ってのは、おまえの父親か何かか」

「違いますよ。女房です。ふふ……」

「そうならそうと、子分たちもそう言うはずだがな。姐《あね》さんとも呼ばぬ。ただ不思議なのは……おまえのことをよく知らないってことだ……何者なのだ」

「さあねえ……それを調べるのが、お奉行様のお仕事ではありませんか」

挑発している口調は、居直っているのか、白《しら》を切れば通ると思っているかであろう。遠山はこのような咎人を腐るほど見てきた。自白がなくても、証言や証拠によって刑場送りにできる。

「さよう。調べた結果、イカズチの雷蔵一味がおまえたちと分かったのだ。イカズチも雷も同じ意味だから、馬鹿馬鹿しい盗賊名だが、しぶとくて始末に悪いことだけは認めてやる」

「ありがとうございます」

お葉が頭を下げると、遠山は毅然と見下ろして、

「おまえの素性が誰であろうと、お葉が本名であろうと、イカズチの雷蔵であることは確かである。手下たちも、数々の盗みを吐いた。時によっては店の者も殺した。もはや情けを掛ける余地はない」

「…………」

「イカズチの雷蔵……いやさ、お葉……市中引き廻しの上、獄門を申しつける」

遠山は険しい声で命じると、さすがにお葉は覚悟を決めていたとはいえ、わずかばかり表情が曇った。だが、悲しみや憐れみを帯びた顔ではなく、鼻白《はなじろ》んでいた。

「謹んで承《うけたまわ》ります。これが名奉行のお裁きなら、喜んで……女郎のひとりも助けようとしないお奉行様なんですから、イカズチの雷蔵って大泥棒を捕まえることなんざ、絶対にできないでしょうねえ」

お葉は意味不明のことを、毅然と遠山を見上げていった。だが、遠山も真剣なまなざしで凝視したまま、

「己がしでかしたことだ。世の中のせいでも、他人のせいでもない。明日の朝、執行するから、さよう心得ておけ」

と言うと、サッと立ちあがって、裁きの場から退出するのであった。

その夜のことである。

遠山の役宅に、吟味方与力の藤堂によって一通の文が届けられた。

奉行所の門番はこのような文書は一切、受けつけない。よって何者かが、まずは藤堂の屋敷に出向いて、門番に渡したという。簡単な封書に、さして上手でもない文字が墨で書かれているだけだった。

『遠山左衛門尉様。北町奉行所に捕らえたイカズチの雷蔵を、明日の朝までにお解き放ち下さい。もし、言うとおりにしなければ、江戸の町人を手当たり次第に殺します』

丁寧な言葉遣いだが、何処か嘘がありそうだった。真意を測りかねた遠山は、しばらく沈思黙考していた。

「如何致しましょうか。奉行所の内情も少しは分かっている奴のような気がします」

藤堂が言うと、遠山も頷いて、

「捕らえ損ねた仲間がいるのやもしれぬな……おぬしの屋敷の門番は、届けてきた者の風体を覚えていないのか」

「中肉中背だそうですが、もう暗くなっていて、よく分からなかったそうです」

「ふむ……」

「解き放って、誰かを見張らせる手もあるかと思いますが」

「解き放つのは、雷蔵と書いてある。お葉ではない。しかも、手下たちのことには触れておらぬ……もしかしたら、お葉だとは知らぬ奴かもしれぬ」

「あえて書いてないとも考えられます」

「だとしたら、お葉という女は捕らえたが、雷蔵は捕らえておらぬと惚《とぼ》けてみるか……いずれにせよ、かような脅しは通用せぬ」

遠山は強気で、お葉を解き放つつもりなどなかった。むしろ、雷蔵は女だということを、明日の引き廻しで明らかにして、すぐに処刑することで片付くと考えた。

もっとも、万が一のために、宿直《とのい》の定町廻り同心や隠密廻りに、この脅し文を持ってきた者を探させた。すると、藤堂の屋敷の周辺には、浪人風や遊び人風が何人かうろついていたとの報があった。しかし、まったく決め手がないまま夜が明けた。

まだ出仕の刻限ではないため、北町奉行所の表門は開いていないが、夜が明けてからすでに一刻近くが経つ。門番が開けようとしたところ、潜り戸に一枚の文が釘で打ちつけられていた。それには――、

『雷蔵を解き放たないから、人を殺した。深川の富岡八幡宮へ行ってみるがよい』

と書かれてある。昨夜の脅し文と同じ筆跡であった。

遠山が命じるまでもなく、古味が熊公を連れて駆けつけてみると、富岡八幡宮の裏

手にある小さな御堂の陰に、男の刺殺体が転がっていた。

「だ、旦那……これは……」

熊公は死体の帯に挟まれている文を摘み上げて、古味に見せた。

『北町奉行の遠山が殺した』

とだけ書き記されていた。やはり、最初の脅し文と同じ筆跡だった。事情を知っている熊公は、「えらいことになった」と狼狽したが、古味は遺体を見ていて、

——妙だな。

と思った。深川の番所に運んでから、詳しくは検屍せねばならないが、死体の硬直から見て、夜が明けてから殺したものではないようだ。少なくとも半日以上は経っている。

「てことは、旦那……遠山様が解き放つことはないと見込んでたということですかい。こうして遠山様のせいにするために」

熊公は驚きよりも、怒りを感じていたが、古味はいつになく冷静だった。

「かもしれぬが……もっと深い裏がありそうだな」

「袖の下同心とからかわれる割には、此度《こたび》は冷静でやすね」

「余計なことを言うな。俺たちが苦労してきた、一昨夜の捕り物と関わりがあるんだ。

こんなことをしやがる奴は、絶対にふん縛ってやる。性根を入れろ、熊公」

「へい」

威勢良く返事をして調べ始めた熊公だが、殺された男の身許は意外にもすぐに分かった。深川診療所の一角を借りて、藪坂甚内が検屍をしていたとき、遺体の顔を覗き込んだ千晶が、

「あれ？　この人、岡場所の若い衆じゃないの」

と言うと、立ち合っていた古味が吃驚して訊き返した。

「本当か」

「ええ。一昨夜、会ったもの。佃新地でね」

「なんで、そんな所に……まさか、おまえ……」

「違うわよ。仕事の帰り。訳がありそうな女の人に声をかけたときにね……名前や何処の妓楼かは知らないけどね」

すぐさま古味が佃新地まで調べに行くと、『竹之屋《たけのや》』という妓楼の松吉《まつきち》という若い衆だということが分かった。主人の竹五郎《たけごろう》と女将《おかみ》のお縞《しま》は亡骸《なきがら》を確認して吃驚していた。

「たしかに松吉は少々、乱暴なところはあるけど、人に恨まれるようなことは……」

と言いかけた竹五郎に、古味は言った。

「恨みじゃないんだよ。手当たり次第に殺すという奴が殺したんだ」

「ど、どういうことでしょうか……」

「詳しくは言えないが、わざわざ喧嘩が強そうな相手が狙われたってのも気になる。だが、解せないところがあってな……殺されたのは、藪坂先生の調べによると、昨日の夕《ゆう》七つ頃だろうということだ」

「もう見世《みせ》は閉めて、客を送り出しておりますが……」

「それから出かけるなんてことはあるのかい。酒は残っていたようだが」

「まあ……四つを過ぎても飲ませる飲み屋がないことはありませんが……」

「死体が見つかった富岡八幡宮は近いからな、ぶらりと来たところを刺されたのかもしれないが、そうだとしても、脅し文が来る前だ」

「脅し文……」

訝る竹五郎に、古味は「なんでもない」と言ってから、

「一昨夜、実は泉養寺で捕り物があったのだ。イカズチの雷蔵一味のな」

「えっ。そうなんですか……だったら、安心して眠れますね。もっとも、うちなんか襲われることはないと思いますが」

「だがな、その一味が松吉を殺《や》った節もあるのだ。まさか、盗賊一味とおまえの見世や松吉は関わりあるんじゃあるまいな」

「まさか、なんで、そんなことを……」

古味は探るように見ていたが、竹五郎とお縞は不安げになるだけであった。

「知らないならいい……だが、岡場所絡みとなれば、なんとも怪しい雲行きになってきた」

「古味様……そんなことを言わないで下さいまし……変な噂が立てば客が……」

「深川の岡場所についちゃ、お上は見て見ぬふりをしているが、悪い奴らの巣窟になっていると、町奉行所も色々と批判されている。生き延びたかったら、これからも色々と手を貸すんだな」

それこそ脅すように古味が言うと、竹五郎は、お縞に目配せをした。すぐに金を包もうとしたが、古味は断って、

「いらねえよ。今度ばかりは、どうも嫌な気がしてならないんだ……深川七場所の町名主たちも、どうも妙な塩梅なのでな」

と立ち去った。

それを——見世の奥から、遊女のお富がじっと見ていた。

三

その日のうちに、遠山は江戸城中の老中・堀内能登守《ほりうちのとのかみ》の詰め部屋に呼ばれていた。

誰が知らせたのか分からないが、イカズチの雷蔵の一味と思われる者から、町奉行への脅し文が来ていることを知っていたのだ。

遠山はまだ奉行所内でも、吟味方与力の藤堂や定町廻り同心の古味ら一部の者にしか報せていない。何故、堀内が知っているかが疑問であった。

だが、堀内は当然のように、控える遠山に説教口調で、

「旗本や御家人の動向を見張る目付の手先は、江戸市中にいくらでもいる。それくらい、おぬしなら百も承知であろう」

「奉行所内にもいるということでしょうか」

「そんなことは知らぬ。だが、老中の儂の耳に入るのは当たり前であろう」

「…………」

「今のところ他の幕閣には伏せておるが、要求どおりに、雷蔵を解き放つのが得策ではないのか。しかも女と聞いておるが、それとて本物の雷蔵かどうか分かるまい」

「お葉という女です……しかし、相手の言いなりになって解き放つのが、世の安寧秩序のために正しいとは思えませぬ」

「では、処刑するというのか。さすれば、手当たり次第、罪もなき人々が殺されることになるのだぞ」

　憂慮する顔になる堀内だが、遠山は冷静な態度で、

「殺されたのは、遊郭の若い衆です。定町廻りの調べでは、タチの悪い者だそうです。無差別に殺された相手とは思えませぬ。しかも検屍の結果、殺されたのは昨日の夕方でございます。つまり……」

「つまり……？」

「盗賊の仲間がやらかしたことかどうかは、これからの探索で明らかにしますが、下手人《げしゅにん》は手当たり次第に殺すつもりかどうかも、ハッキリしておりませぬ。殺しの責任を、この遠山に押しつけたい作為すら感じます」

「うむ……」

「ですから、今般の殺しは殺しとして調べさせておりますが、イカズチの雷蔵こと、お葉を牢から出すつもりは、さらさらございませぬ。ですが、刑の執行は真相がハッキリするまで待ちたいと存じます」

遠山は自分の意見を毅然と述べたが、堀内としては不服そうだった。

「しかし、また同じように誰かが殺されれば、おぬしは謹慎では済まぬぞ。悪いのは盗賊の一味と思われる輩《やから》には違いないが、評定所《ひょうじょうしょ》で詮議される事案になろう……老中首座の水野忠邦《みずのただくに》様も心配されるに違いない」

「お役御免も覚悟の上です」

「心構えは立派だが、罪もない町人を殺されては元も子もない。この際、下手人を捕らえられない上は、雷蔵ことお葉を解き放つしかないのではないか。これは遠山、おぬしひとりに仕向けられた脅しではなく、公儀……いや、江戸町人に対する脅しではないのか」

「堀内様のご意見はごもっともでございます。されど……私が気になっているのは、脅し文が届く前にすでに、松吉という者が殺されていたという〝事実〟です」

「…………」

「お葉を解き放つことと、松吉殺しは何処かで繋がっているとは思います。が、下手人が手当たり次第に殺しをするとは思えませぬ」

「だが、たとえ岡場所の若い衆であろうと、タチの悪い者たちであろうと、殺されて良い道理はない。直ちに、賊の頭、お葉を解き放て」

堀内も自説を譲らず、遠山との押し問答の末、結局は探索を続けさせることになった。老中の権限として、奉行職を罷免させることもできるが、それも短慮というものであろう。以前にも一度ならず、盗賊や人殺しの仲間が同様の脅しや交渉をしてきた事案もあった。

「――遠山……おまえも考えがあってのことであろうが、他の幕閣が知れば事が大きくなるのは必定《ひつじょう》。慎重に事に当たれ」

「御意《ぎょい》。イカズチの雷蔵一味をこれ以上のさばらせて、江戸町人を恐怖のどん底に落とすことはさせませぬ」

と遠山は決意を固めるのであった。

だが――。

さらに、脅し文は奉行所に直接届くようになった。

『もう一度、要求する。イカズチの雷蔵を今日中に解き放て。さもなければ、またひとり犠牲が出ることになる』

だが、遠山の意志は変わらず、むしろ強固なものになり、イカズチの雷蔵は、お葉という若い女であることを公表した。その上で、女だからということで、獄門を避けて、市中引き廻しの上、小伝馬町牢屋敷内にて打首の刑に処すことにした。

そのことは、読売屋の知ることとなり、引き廻しされる通りの沿道には、野次馬が押し寄せていた。引き廻しには二通りあり、小伝馬町牢屋敷から江戸城の周りを一周してから、牢屋敷にて処刑されるか、〝五箇所廻り〟と呼ばれる日本橋から赤坂御門《あかさかごもん》、四谷《よつや》御門、筋違橋《すじかいばし》、両国橋をぐるりと巡って、小塚原《こづかっぱら》か鈴ヶ森《すずがもり》に連れていかれるものだ。

いずれも、罪人は縄で縛られた上で、馬に乗せられ、罪状を記した捨札や刺股、槍などを持った役人が同行する。此度は、脅し文があることから〝敵襲〟も考え、簡素な江戸城廻りにし、古味ら同心や検屍役の与力も同行した。

その間、お葉を奪還しようとする輩が出てくるかもしれぬので、門前廻り同心なども動員して見張りを多くしていた。もっとも、わざわざ引き廻しをしたのは、一味の残党を引き寄せて、怪しい者を捕縛する狙いもあった。

北町奉行所のある呉服橋御門を出た辺りの野次馬の群れの中に、なぜか吉右衛門と和馬の姿もあった。

目の前を通り過ぎる馬上のお葉の顔だちは、浮世絵から抜け出たように美しく、集まっていた男たちは溜息を洩らした。跳梁跋扈《ちょうりょうばっこ》していた盗賊の頭目が美しく若い女で、打首の刑になるとは、まさに絵草紙にでもなりそうな話だった。

「あんまりだな。奉行所の間違いじゃないのか」

「いい女……勿体《もったい》ないことをするもんだ」

「押し込みや人殺しをするタマには見えないがな。なんでまた……」

「よほどの訳があるんじゃねえのか」

「可哀想だな、おい……」

凶悪な罪人ならば罵声《ばせい》が飛んでくるはずだが、同情めいた声が多いのが不思議なくらいだった。もちろん、世の中に悪女はいくらでもいるだろうから、恐い奴だと非難する者もいた。

「どうですかな、和馬様。見覚えのある顔ですかな」

吉右衛門が尋ねると、和馬は引き廻しの早さに合わせて歩きながら、

「見たことがあるような、ないような……」

「曖昧でございますな」

「それはそうであろう。深川七場所に女が何人いると思っているのだ。覚えているわけがないであろう」

「ですが、和馬様は人の顔を覚えるのが得意ではないですか」

「うむ……」

「和馬様がこれまで見てきた遊女ではないのですね。あの女の顔でもないのですね」

実は和馬は、もう何年か前から、小普請組として、普請場の人足などを集めるために、小普請組組頭らが中心になって、公の〝口入れ屋〟のようなものをしている。今でいえば『ハローワーク』であろうか。その繋がりで、色々な周旋屋とも関わり、不法に遊女にされてしまう女を救い出す援助もしていた。

すべての女を助けることはできないが、あまりに理不尽な場合には、町奉行所に訴えたり、タチの悪いのが相手ならば、力尽くでも岡場所に売られないようにしていた。イカズチの雷蔵が若い女だった――と知ったとき、吉右衛門は「あの女かもしれない」と思ったのがいたのだ。

もう一年ほど前になろうか、和馬が岡場所の女を助けたことがあった。妓楼から逃げ出そうとしたところ、あまりに乱暴な扱いを受けていたので、和馬は助けた上で、身請けして金を払ったのだ。

ところが、その女は礼を言うどころか、

『親切ごかしに、今度はそっちが私をどっかに売るつもりかい』

などと悪態をついた挙げ句、姿を晦《くら》ましたのである。

わずか二月《ふたつき》後、高山家の屋敷に盗っ人が入ったのだが、これが偶然、和馬が助けた

遊女だったのだ。女は殊勝な態度で謝《あやま》って、

『どうしても、岡場所から助けたい妹がいるから、金が欲しかった』

と話した。和馬は同情して、金を貸し与えたが、やはりそのままドロンした。その場に吉右衛門はいなかったため、和馬から話を聞いただけで、もちろん顔も見ていない。

「一度ならず二度も逃げた女の顔を、忘れたのですか、和馬様」

「うむ……」

「もしかして、すっ惚けてませんか。あの女は二度も和馬様が助けた女で、今度はイカズチの雷蔵として捕らえられた。だから、何とか助けようと考えているのではありませんか」

　吉右衛門が迫るように訊くと、和馬は首を横に振って、

「違う。もし、そうならば遠山様に話して、事情だけでも聞きたかったが、別人だ。そもそも、イカズチの雷蔵一味は何年も前から、人騒がせなことをしている。あの遊女のわけがない」

「さようですか。ならば仕方がないですね。このまま牢屋敷に戻って斬首されても」

「――なんだか助けろとでも言いたげだな」

「いいえ。あの遠山奉行が自ら裁断したことですから、間違いはありますまい。しかし、万が一、間違っていたら、取り返しのつかぬことになりますな」

「おいおい。なんだよ、その言い草は……おまえは、あの女が盗賊の頭ではないとでも言いたいのか」

「そうではありませんが、死罪は慎重にした方がよいという、ふつうの考えを申したいだけです。そうですか……あの女とは違っておりましたか……」

吉右衛門は、馬上で顔を伏せもせずに堂々と前を向いているお葉のことが、なぜか気がかりで仕方がなかった。

四

翌日の読売には、イカズチの雷蔵の処刑が終わった——ということが大々的に報じられた。と同時に、実は北町奉行の遠山左衛門尉に対して、残党と思われる者から脅し文が届いていたこと、その内容が江戸町人を手当たりしだい殺すということだったことも、衝撃的に書かれていた。

読売りたちは口を揃えるかのように、

「大変だ、大変だ！　遠山様は江戸町人の命と引き換えに、盗賊を処刑したぞ！」

「事実、ひとりの男が殺されたぞ！」

「何度も脅し文がきたが屈しない奉行は正しいのか、間違っているのか！」

「イカズチの雷蔵が死んで盗みはなくなっても、今度は何時、何処で、誰が殺されるか分からないぞ！」

「もし殺しがあっても、すべて遠山奉行が殺したも同じだ！」

などとあからさまに遠山を非難する内容が躍っていた。世間の批判は、大盗っ人の雷蔵よりも、江戸町人の命と引き換えに処刑したことへの批判の方が大きくなった。

遠山は再び、老中の堀内から呼び出され、他の幕閣の意見も勘案して、謹慎を強いられてしまった。むろん何か犯罪を犯したわけではないから、〝蟄居閉門《ちつきよへいもん》〟とは違う。遠山家はあるし奉行職を離れるわけではない。しばらく、「鳴りを潜めておけ」という上からの配慮である。

これ幸いと遠山は、深川の屋敷で謹慎することにした。泉養寺に乗り込む陣頭指揮を執るときも、部下の報告などは逐一、ここで受けていたのである。

高山家とは目と鼻の先。ぶらりと吉右衛門が訪ねてきた。

「此度は大変なことになりましたな……いえ、計算どおりでしょうか」

意味深長なことを言う吉右衛門を、遠山は真顔で受け止めて、気心が知れた古い知人にでも会ったかのように、

「ご隠居には敵《かな》いませぬな。おっしゃるとおり、少々、厄介なことが重なって……」

「厄介なこととは」

「お気づきでしょうが、イカズチの雷蔵の一件ですがな、どうやら裏には厄介な連中がいるようなのです。悪い奴を燻《いぶ》り出すために、良い智恵を拝借できませんかな」

「遠山様のためなら、お手伝いをしたいのは山々ですが……」

吉右衛門はいつになく慎重な口調で、

「町奉行の職にあり続けたいがための手助けならば、ご免被《めんこうむ》ります」

「――ご隠居……」

「策士策に溺れるという言葉もあります。却《かえ》って混乱を生じさせかねませんが、それよりも江戸町人の多くが、もっと犠牲になるやもしれません」

「もっと……？」

「あなた様が雷蔵……いえ、お葉でしたかな……を解き放たなかったことで、松吉という岡場所の若い衆が殺されましたが、処刑をしたことでもっと被害が出るかもしれませぬ」

心配そうに吉右衛門が言うと、遠山は言い訳じみた顔になった。

「いや、あれは……」

「分かっております。松吉は事前に殺されていた。和馬様の調べでは、もうひとりの若い衆、梅助《うめすけ》という者もすでに殺されているだろうとのこと。さらには、妓楼『竹之屋』の主人と女房も殺される……かもしれません」

「……ご隠居も、狙いは『竹之屋』だと勘づいておりましたか」

「いえ、『竹之屋』だけではございませぬ。おそらく、深川の岡場所の者たちを皆殺しにするのが、敵の狙いかもしれませぬぞ」

「敵の狙い……」

まるで戦《いくさ》でも始まるかのように、吉右衛門は言った。

「遠山様が此度のイカズチの雷蔵捕縛の先頭に立ったのは、単に盗賊を捕らえるのではなく、深川七場所をなくすのが狙いでございましょう。違いますかな」

「…………」

「だとしたら、敵の方が一枚上だったかもしれませんぞ」

吉右衛門の話を聞いて、遠山はしばらく黙っていたが、

「たしかに……気がかりなのは、深川七場所については、このところ公儀の動きがま

ったく止まったことです。岡場所は町奉行支配ではありますが、老中や若年寄から、これ以上の締め付けはよせと言ってきておりますからな」

深川七場所である仲町、土橋、櫓下、裾継《すそつぎ》、大新地《おおしんち》、石場《いしば》、佃新地は常に、〝怪動《けいどう》〟と呼ばれる奉行所の手入れにびくついていた。下手《へた》をすれば、芸者も女郎も捕らわれて吉原送りや、宿場女郎にされる憂き目に遭うからだ。

だが、深川一帯は、慶長年間に、摂津《せっつ》国から深川八郎右衛門《はちろうえもん》という大尽《だいじん》が、江戸町造りの一環として、小名木川《おなぎがわ》周辺の開拓を苦労して行い、葦《よし》の原に過ぎない所を埋め立てていった。深川はただの漁師町から万治《まんじ》年間には両国橋が架けられ、富岡八幡宮を中心とした行楽と信仰を伴う繁華な町になった。

地名は、単に深川八郎右衛門から取ったのではなく、徳川家康に命じられて「深川村」とされたからである。

さらに、紀伊國屋文左衛門《きのくにやぶんざえもん》や奈良屋茂左衛門《ならやもざえもん》という材木商が、元禄時代に巨大な富をもたらしたことで、江戸城周辺の〝御府内〟とは違う独自の江戸文化を築いてきた。

事実、名主であった深川八郎右衛門の子孫の一族が、深川一帯の二十七カ町の名主を務めてきたが、宝暦《ほうれき》年間に、七代目の当主が不祥事を起こして裁判沙汰となり、町奉行によって家名断絶、一族は離散となった。よって、江戸町奉行所支配といっても、

本所廻り方を置かねばならぬほど独立性があった。つまり、

——お上、なにするものぞ。

という気概が、天保の今でも地名とともに残っている。

イカズチの雷蔵一味を捕らえた泉養寺は、深川八郎右衛門の実兄である秀順《しゅうじゅん》が、開いた天台宗《てんだいしゅう》の寺である。七代目も供養されている。七代目の不祥事が何かは詳《つまび》らかにはなっていない。だが、一族以外には累《るい》を及ぼさなかった。威徳のある人物だったのであろう。

その「深川一族」の復活が取り沙汰されていた。自分たちが築き上げてきた深川を幕府が支配し、深川七場所は岡場所としてやりたい放題であり、また罪人の隠れ家として使われていることに、深川一族を受け継ぐ者たちが、この一帯を取り戻そうとしている節があるというのだ。

「その中心が、泉養寺であろうことはたしかなのだ」

遠山が確信に満ちて言うと、吉右衛門は訊き返した。

「もしや、イカズチの雷蔵一味は、深川一族に繋がる者だとでも」

「さよう。町方が追い込んだとき、頭目は塀を乗り越えて境内に逃げ込んだのだ。が、町方が門から入ったときにはすでに、寺社奉行の斎藤山城守様が雷蔵を捕らえてい

した」

「……………」

「つまり、そのわずかの間に斎藤山城守様が、お葉と入れ替えて、雷蔵として差し出したのではないか……と後になって思ったのだ」

「では、斎藤様も深川一族と……？」

「繋がりはあるのだ。斎藤様の先祖の出も、深川一族と同じ摂津国……盗賊をしている輩もその一族かもしれぬ。たしかに盗みに入った大店《おおだな》や武家屋敷なども、ほとんどは深川界隈」

「……………」

「自分たちが築き上げた土地で富を蓄え、栄耀栄華に興じている者たちに一泡吹かせて、その金を元手に深川を取り戻したいと考えているのかもしれぬ」

吉右衛門には俄《にわか》に信じられなかったが、遠山のことである。事前に色々と調べていたのであろう。深川一族が今もいるのだとしたら、一族の菩提寺である泉養寺が〝砦〟だとしても不思議ではない。しかも、寺社奉行の斎藤山城守が与《くみ》しているとなれば、町方の探索を断ち切ることもできるであろう。

「遠山様は如何《いかが》なさりたいのですかな」

「たとえ相手が誰であれ、江戸の安寧秩序を乱す輩は捕らえて、しかるべき刑罰に処すだけのこと……ましてや寺社奉行が町方に手を貸す振りをして、盗賊を裏で支えているとなれば、断じて見逃すわけには参りませぬ」

決然と言う遠山には、まだ吉右衛門に話していないことがありそうだった。が、イカズチの雷蔵がただの盗っ人ではないということを、改めて感じる吉右衛門であった。

その日――。

遠山が危惧したとおり、『竹之屋』の若い衆である梅助の水死体が、小名木川に浮かんだ。番所まで運ばれ、検屍に立ち合った藪坂甚内は、恐らく松吉と同じ日に殺されていたのではないか、との見立てをした。

古味と熊公が訪ねてきたとき、竹五郎とお縞はぶるぶると震えながら、

「私たちが何をしたというのでしょうか……どうして狙われなければ、ならないのでしょうか、古味の旦那……」

「それはこっちが訊きたいよ」

「私たちは何も、イカズチの雷蔵に恨みを買われるようなことはしていません」

「雷蔵の恨みはどうか知らぬが、おまえは七場所の妓楼の中でも、大概、阿漕《あこぎ》なこと

をしていると知られているからな。もしかしたら、成敗したい奴がいるのかもしれぬな」

「成敗……」

「世の中には、誰かに代わって怨みを晴らすのを生業《なりわい》にしている輩もいるとのこと

だからな。ああ、俺もその手の奴を何人もお縄にしたよ」

「勘弁して下さいよ……そもそも遠山様が雷蔵を解き放たなかったり、処刑したりし

たから、関わりない者が殺されてるんでしょ」

「さあ、それもどうだかな。今のところ、殺されたのは、おまえんとこの若い衆だけ

だ。とても、脅し文にあったように手当たり次第とは違うと思うがな」

「…………」

「つまり、遠山奉行のせいにして、てめえらで人殺しをしてるだけだ。その獲物が、

おまえたちってことは、もしかして良識ある悪党かもしれぬな」

「そんな馬鹿な……」

竹五郎とお縞は抱き合うようにして、古味に哀願するように、

「早く、下手人を見つけて下さいまし……」

「だから、この前も心当たりはないか聞いたはずだがな」

古味はふたりを睨みつけて、

「まあいい。この銀簪《ぎんかんざし》に覚えはないか。女物のようだが、梅助の喉《のど》に突き刺さっていたものだ。引っこ抜いてみると……」

と、まだ血をきれいに拭い切れていない銀簪を突き出して見せた。その飾りには、小さな阿弥陀如来《あみだにょらい》像が彫られている。

「見てのとおり、ありがたいものだ……阿弥陀如来は、泉養寺のご本尊だが、何か心当たりはねえかい」

「泉養寺……いえ、私どもはあまり参ったことがありませんが……」

「この阿弥陀如来の銀簪は、深川七場所の遊女が、よくお守り代わりにするってのは、当然知ってるよな」

「ええ、まあ……」

「おまえの見世の遊女の物かどうか調べたい」

「えっ……まさか、うちの娘《こ》が、うちの若い衆を殺した……とでも？」

「それが分からないから調べてるんだ……女たちをみんなここに呼んでくれ」

古味の命令には逆らえず、竹五郎は見世にいる八人の女を連れてきた。

いずれも美形揃いではあったが、やはり売春という稼業が心身を悪くするのか、顔色は悪いし、表情には覇気がない。しかも、法外な借金を背負わされているから、先の望みもなさそうで悲痛な表情をしている。

その中に、お富もいた。千晶が通りがかりに見かけた遊女である。銀簪を見せられて、お富はアッと凝視した。

「これは、おまえのものかい」

「…………」

「正直に言いな。隠すとためにならねえぞ」

熊公がさらに突きつけると、自分で手にとって見て、

「私のです。遊女になる前に、簪屋で〝富〟という文字も彫って貰いました」

飾りの下の辺りに、小さな文字がある。

「でも、これは……由良吉《ゆらきち》さんに渡したものです」

「由良吉ってなあ誰だい」

「夫婦約束をした人です。その契《ちぎ》りに、この銀簪を……」

「そいつは何をしてるんだい」

「昔は、植木職人の見習いをしてましたが、今は知りません……もうすぐ大金が入るから、身請けするって約束してくれました」

「客ってわけか……」

「違います。故郷の幼馴染みです。私が父親《てておや》の借金のために江戸の岡場所に送られたときに、追いかけてきて、必ず助けてやると約束してくれました」

「そりゃ、麗《うるわ》しい話だな」

からかうように古味は、銀簪をお富の手から取り返して、

「その由良吉とやらが、殺したのかもしれねえな。もうすぐ大金が入る……てことは、殺しの報酬でも得るつもりだったのかな」

「いいえ。そんな悪いことができる人ではありません」

「お富……おまえも何十人もの男に抱かれたのなら分かるだろう。人ってのは大概、嘘つきで強欲で、てめえ勝手な奴ばかりだ。でなきゃ、世の中、いつだって平穏無事なはずじゃないか。おまえが、こんな苦界《くがい》に来ることもなかったんだよ」

先日、千晶が見かけたのは、由良吉が来るはずなのに来なかった夜だったのだ。身請けしてくれる事になっていたと、お富は言う。いずれ二人で居酒屋でも持つつもりでいた。だが、その約束は果たされないでいた。

「それどころか、殺しをしたかもしれないんだぜ、由良吉って奴はよ……おまえを身請けする金がないから、腹いせに松吉や梅助を殺したと考えりゃ筋も通る」

「嘘です……由良吉さんがそんな酷《ひど》い事……するはずがない……」

お富が泣き崩れるのを、古味と熊公は同情のかけらもなく見ていた。竹五郎とお縞は何か思い当たる節があるのか、ますます恐れおののいて震えていた。

五

岡場所は深川の富岡八幡宮周辺だけではない。江戸にはその昔、数多《あまた》あったといわれているが、〝寛政の改革〟によって激減した。それでも、主《おも》立った寺社門前には、当然のように存在した。

そもそも公許といわれても、遠く離れた吉原まで行くのは面倒だし、金も相当かかる。下級武士や庶民は近場に参拝ついでに立ち寄れれば、これほど良いことはない。よって、町奉行所も〝不法営業〟と知りつつも摘発することはなかった。

逆に、岡場所で盗みや殺し、火事や隠し賭場《とば》などの事件が起きれば厄介だった。町奉行所の探索が及べば、私娼窟に目を瞑《つむ》ることはできないからである。だから、『竹之屋』の主人も事件になったのが嫌だったのだ。妓楼一軒のことではなく、その岡場所自体がなくなることもあったからだ。

水野忠邦の〝天保の改革〟では、これらの岡場所をすべてなくそうという動きがあったが、狙い打ちにされたのが深川であった。松平定信による〝寛政の改革〟では、岡場所の遊女たちはみんな吉原送りとなったが、結局、岡場所はあちこちで再興していた。

その轍《てつ》は踏まぬというのが幕府の方針だったのであろうが、

――岡場所の絶滅を目指しているのは表向きで、深川一族の復活台頭を押さえ込もうとしているのではないか。

というのが、吉右衛門の考えだった。

高山家には珍しく誰もおらず、表門も閉め切って、ふたりだけで密談していた。

「如何します、和馬様……此度のイカズチの雷蔵の一件は、深川のこれからのことに関わってくると思いますが」

「そうだな。俺は先祖代々、この地が気に入って住んでいるのだが、初代は元より、代々の深川八郎右衛門とも付き合いがあったらしい。深川には御三卿《ごさんきょう》の一橋《ひとつばし》様をはじめ、名だたる大名や旗本の武家屋敷があるのも、徳川家お墨付きの深川家が名主として治めていたからこそだ」

「では、深川一族の復興を願っているのでございますな」

「うむ。そうできればいい」

徳川家康の御墨付きにより、世襲制で八郎右衛門を名乗ってきた名主だからという理由からだけではない。江戸町人の暮らしを、米や野菜、魚介類の〝供給地〟として支えてきたからである。すべて、深川一族の縁の下の働きによるものが大きかった。

「吉右衛門、おまえも承知しているとおり、七代目八郎右衛門がひとり獄中死したのは、清住町《きよすみちょう》の大達孫兵衛《おおたつまごべえ》という商人が、この地から退去する折に、問屋組合に対して不正があったことへの責任を取ったということだ。が、それが何かは分かっておらぬ」

「問屋組合に対してというよりも、土地を不法に売買したとのことですが」

「さよう。だが、八郎右衛門は義侠心が強い男で、孫兵衛の不正を事前に始末できなかった己のせいだと、甘んじて投獄され、そして獄中で死んでしまった」

和馬は自分の父親も人の罪を被って死んだということに、思いを馳せていたのであろう。感情がこもってきて、

「この高徳の名主を慕う町人たちは、涙ながらに、泉養寺に厚く葬ったが、〝家名断絶〟にされた一族の残党の流れを汲む者は、今でも無念であろうな……その後は、この深川一帯を実質、支配したのは幕府だからだ」

幕府旗本である和馬であっても、深川一族に同情するかのような言い草だった。

深川には、弘前《ひろさき》藩、宇都宮藩、土浦《つちうら》藩、川越《かわごえ》藩、忍《おし》藩、松代《まつしろ》藩、膳所《ぜぜ》藩、福山《ふくやま》藩、そして土佐《とさ》藩や薩摩《さつま》藩という大藩の上屋敷や中屋敷、下屋敷があった。極めつけは、富岡八幡宮前にある越後高田《たかだ》藩、そして新発田《しばた》藩だ。

まるで江戸に睨みを利かせるような錚々《そうそう》たる顔ぶれで、万が一、結集して謀反《むほん》ということになれば、一大事である。大川を挟んでいるとはいえ、江戸城の喉元に槍を突きつけているようにも見える。徳川の天下泰平の世の中であるゆえ、謀反などは起こりえぬが、幕府ができてから二百年余りも経っているゆえ、様々な綻《ほころ》びも出ている。

戦国武将の上杉謙信《うえすぎけんしん》が支配していた越後高田が今も徳川家を見下していることはないであろう。高田藩は家康の六男で何かと〝問題児〟であった松平忠輝《ただてる》が領主だったこともあり、附《つけ》家老は後の佐渡《さど》金山奉行・大久保長安《おおくぼながやす》であった。いずれも徳川家の不興を買って粛清《しゅくせい》されている。

むろん、これらのことと深川一族が潰されたこととは関わりない。だが、深川には謀反の火種があることは確かであるからこそ、一橋家や老中を輩出している松平家や細川《ほそかわ》家の大きな屋敷も配していた。

そんな中で、富岡八幡宮周辺に位置する七場所と呼ばれる岡場所が実は、火薬庫であることは意外と知られていない。仲町、土橋、櫓下、裾継、石場などの町名が示しているとおり、諸国の忍びの別称である。縁の下とか見えない所を意味する。吉原であろうと岡場所であろうと、寺社と一帯となった遊郭は、異国の忍びなどが身を隠すに相応《ふさわ》しい所だった。

「……もしや、和馬様は、深川一族は徳川家の忍びの一団のひとつであることを、知っておりましたか」

「むろんだ……商人だのお大尽だのといわれているが、そもそも正体の分からぬ者に、江戸の要塞を造らせる訳があるまい」

「要塞、ですか……」

「さよう。東国に睨みを利かせ、江戸を守るために大川の東岸一帯を、深川一族に任せたのだからな。その眠っていたような遺恨が、この界隈に屋敷を拝している大藩を巻き込んで蠢《うごめ》いている」

「ならば……戦になる前に止めねばなりませぬな」

「戦は大袈裟《おおげさ》だがな……」

「いいえ。近年、日本の沿岸には異国の船が沢山来ておりますぞ。松前《まつまえ》や越後沖はもとより、常陸《ひたち》沖や江戸湾のすぐそこまで……以前は商船が多かったようですが、近頃は戦船《いくさぶね》の類も出没しております」

「異国と戦をするために、この地が湊《みなと》として利用されるというのか」

「幕府はそれらも見越して、深川一帯のありようを見直しているのでございましょう
……そういう折に、時を戻すかのように深川一族が復活、台頭されては困る。だから、岡場所の始末を名目にして、忍びが潜んでいる所、火薬庫を始末に掛かっているのかもしれませぬ」

「…………」

「その理由づけのひとつが、イカズチの雷蔵一味の摘発なのでしょう。でないと、たかが盗賊のために、遠山様が直々に陣頭指揮を執るわけがありますまい」

吉右衛門は遠山と会ったときに、まだ何かを隠していた節があることを、和馬に話した。名奉行との誉れが高い遠山が、何か悪事を企むことはあるまい。若い頃から、芝居小屋に住み込んで、遊び人のように暮らしていた遠山が、庶民を窮地に陥《おとしい》れるとは思えぬという。

「しかし、此度、イカズチの雷蔵の残党の脅し文に対して、遠山様はあっさりと拒み、町人に被害が出るかもしれぬ方を選びましたな……如何、思いまするか、和馬様は」

「敵の真意を見抜いていたのではないのかな。事実、手当たりしだいに殺してはいな

い」

「ならよいのですが……」

「どういう意味だ」

「和馬様もそうですが、所詮は権力側の人間……内心はともかく、体が靡《なび》くのは幕府の方ではありませぬか」

「さあな、俺は分からぬぞ」

「はは……ですが、遠山様は大身《たいしん》の旗本で、しかも勘定奉行もお勤めになったことがある、町奉行でございますぞ。世の中の裏の裏まで知り尽くしております。泰平の世を乱す輩に対しては、断固、糾弾すると思いますがな」

吉右衛門は皮肉を込めて言ったが、和馬は正直なところ自分では判断できないと答えた。ただ、自分としては生まれ育った深川の下町風土や雑多な雰囲気が好きだった。ずっと見守り続けたいと思っていた。

「ならば和馬様……ここは先手必勝の極意で参りませぬか」

「先手必勝……」

「はい。このままでは幕府は、深川一族の残党を根絶《ねだ》やしにするため、無駄な血を流すことも厭《いと》わないと思います。深川一族は、覚悟を決めているやもしれませぬが、巻き込まれる江戸庶民はたまったものではありませぬ」

「うむ……」

「深川診療所にこれ以上、怪我人や病人が増えるのはご勘弁願いたいですな」

「では、なんとする」

「私は、寺社奉行の斎藤山城守様にお目にかかりたいと存じます」

吉右衛門の思いを見抜いたかのように、和馬は微笑を浮かべながらも、

「ならば俺は、幕臣として遠山様をチクチク突っついてみよう」

「蜂のようにですか」

「いや、どちらかというと蚊かな、はは」

ふたりはお互い顔を見合わせ、何がおかしいのか笑い合った。

六

古味や熊公の調べで、遊女のお富から簪を渡されたという由良吉と、イカズチ一味の残党が殺したとされる松吉は、以前から深川界隈の飲み屋で、何度も会っていたことが分かった。

「――どうやら……由良吉は、松吉と梅助に狙いを定めて、殺したようだな……てことは、由良吉は、イカズチ一味の者ってことか」

と古味は推察した。

疑念を抱いた古味は、いま一度、検屍に立ち合った藪坂を訪ねて、検分時の状況について訊いた。その場には古味もいたが、死んだ刻限に間違いはないと、藪坂は請け合った。

「ですが、古味さん……なんで、そんなことをしたんでしょうね」

「そこなのだ。遠山奉行のせいにしたかったのだろうが、いずれ調べれば分かることだろうし、イカズチ一味の残党にとって、何も利益にならぬと思うのだが」

古味が言うと、横合いから熊公が口を挟んで、

「けど旦那、少なくとも遠山様に対しては、町人たちから不満の声が溢れた。狙いはそっちだったんじゃありやせんかね」

「たしかに、名奉行のはずが、本性が露わになって汚名が広がれば、公儀の威信も失われ、江戸っ子たちは反感を持つようになる……それで一体、何をしたいのだ」

首を傾げる古味に、藪坂が言った。

「旦那、そんなことより、とっとと由良吉とやらを捕まえれば、分かる話じゃないで

すか。それに俺は……遠山様はあえて汚名を着ているような気がするな」

「なんのために」

「偉い御仁《ごじん》が何を考えてるかまでは分からないが、こうして深川診療所を作ることに尽力したほどの人が、人の命を軽んじているわけがないではないか」

「うむ……」

「そして、あの松吉の遺体もそうだが、脅し文を送る前に殺していたとしたら、無差別に町人に手を出す輩でもないということだ。他に何か意図があるのであろう」

「なんだ、それは……」

「それを調べるのが旦那方だろう。古味さんは、医者が病人に向かって、病の原因は何だと訊いているようなものだ」

「——いつも減らず口を叩いてからに」

「ならば二度と検屍には立ち合わぬ。忙しいのだ、帰ってくれ」

臍《へそ》を曲げた藪坂は追い返そうとしたが、古味は珍しく謝って協力を頼んだ。

「こんなことを言ってはなんだがね、先生……俺は先生もちょっと疑ったんだよ。だから、こうして来てみたんだ」

「疑う？　何をだ」

「もしかして、イカズチの雷蔵一味と関わりあるのではないかとな」

「馬鹿馬鹿しい」

「ですがね……先生が深川という土地を気に入っているのは確かだ。イカズチの雷蔵たちが、深川の商人ばかりを狙っているのは、裏返せば、好きなんじゃないかってね」

「よく分からぬがな」

「――ま、いいです……俺の先祖も実は、本所廻りを自ら率先してやったほど、思い入れがあるらしいのでね。深川八郎右衛門が獄死する頃までは……」

古味はそう言うと、軽く一礼して立ち去った。追いかける熊公も、実は深川生まれの深川育ちで、富岡八幡宮の勧進相撲にも出たことがあるくらいだから、思いは一入《ひとしお》であった。

由良吉と繋がりのある者を、徹底的に熊公に調べさせる一方、せっかく深川に来たついでに、古味は謹慎中の遠山を訪ねてみた。定町廻りには与力は置かれていない。筆頭同心が、奉行直々に命令を受けるのだ。

すると、すでに先客がいた。和馬である。

――なんで、おまえがいるのだ。

　という顔になった古味だが、遠山はふたりが何度も一緒に事件を手掛けた顔見知りだと知っている。たまには、ゆっくり酒でも酌み交わしたらどうだと、遠山は勧めたが、古味は嫌味な顔つきで、

「こいつと飲むくらいなら、死んだ方がマシですよ……いや、死ぬのは嫌だな」

「大丈夫です。私は下戸《げこ》なので、お付き合いしません」

「そういう言い草が腹立つんだよ。たしかに、おまえは旗本で俺は御家人だが、年がだな……まあ、いいや、お奉行。訊きたいことがあって参りました」

「なんだ」

「謹慎なんか突っぱねて、イカズチの雷蔵の正体を暴けばよいのに、何故、お屋敷に引っ込んでいるのですか。腰抜けの幕閣連中なんか、いつもなら遠山桜を披露して、言い負かしているでしょ」

「馬鹿を言うな。それこそ、殺しの方はおまえたちが探っているのではないのか」

「ですがね、奉行所内の連中も、なぜ雷蔵の探索を打ち切りにしたのか、お奉行の考えが、今回はどうもハッキリしない……と思っているのが多いのです」

「打ち切りというが、すでに処刑したがな」

「捕縛の場には私もおりました。追い詰めたのも私です。あの泉養寺に飛び込んだ奴

と、縄で縛った奴が違うってことくらい、感づいてましたよ」

ここぞとばかりに古味は言った。すると、遠山が切り返して、

「ならば、何故、その場で言わなかった」

「頭目を捕らえたのは、寺社奉行の斎藤山城守様です。私に何が言えましょう。あの時は、それに……」

「それに？」

「もしかしたら、お奉行と斎藤様の間に何か密かな取り決めがあって、わざと別の者を頭目として捕らえたのかと思いました」

「そんなことをして何になる」

「分かりません。ですが、その後、お奉行が残党の脅しに屈しなかったことや、それどころか処刑を急いだことで、必ずや他に狙いがあるのだと、俺なりに思ってました」

古味が珍しく正論らしいことを述べると、和馬は手を打って、

「まさしく。そのことを今、遠山様にお尋ねしていたところです。古味さん、さすがは定町廻り同心。鋭いですね」

「心にもないことを言うな」

フンと鼻を鳴らして、古味は遠山に改めて問いかけた。

「イカズチの雷蔵は、明らかにお奉行を陥れるために、あの〝脅し文〟を送ってきました。ひとりでも町人が死ねば……」

「そのことは、もうよい、古味……謹慎の身ではあるが、おまえに密命を授けたい」

「み、密命……」

古味はゴクリと喉を鳴らして、

「なんなりと、ご命令下さい。命を賭《と》して、やり遂げます」

「うむ。実は……深川七場所には、おまえも盗っ人などを追い込んだり、逆に潜んでいる咎人を捕らえたりしておるが、名主たちを知っておるな」

「ええ。それが何か……」

「七人の名主が不正をしていないか調べ上げて、お縄にしろ」

「——えっ……!?」

「理由は何でもよい。どんな小さなことでもよい。なければ、女絡みの醜聞でもよい。言葉は悪いが因縁《いんねん》を付けて、この屋敷まで連れてきてくれ」

遠山が言うと、古味はその狙いを訊いた。岡場所の名主なんぞ、少し叩けば埃《ほこり》はいくらでも立つであろう。だが、裏にはやくざ者もいるから、下手をすれば町方同心であろうと命を狙われる。

「命を賭して……と言ったばかりではないか。できぬなら、やらずともよい」

いつもの遠山らしからぬ苛立ちを見せたが、古味の方は冷静に、

「狙いを教えていただきたいだけです……名主は、みんな顔馴染みです。小さなことどころか、刑場送りにできるような秘密も知っております。まさか……七場所を潰す気ですか」

と上目遣いで訊いた。

「そのまさかだ……御改革の一環で、岡場所はなくすことにした。だが、色々な抵抗があることは、おまえも承知しているはず」

「はい……」

「七場所をなくして、まっとうな町にする。さすれば、深川診療所に行かねばならぬような貧しい人々を救い、公の金を使って少しでも楽な暮らしをさせることができる。それが俺の狙いだ」

遠山の話をすべて信じたわけではないが、古味は奉行に命じられれば何でもする立場である。しかも、狙いを聞いたからには行動に移さねばなるまい。

「御意……七場所の名主らは、お互い上下関係なしの、〝兄弟杯《きょうだいさかずき》〟を交わしてます。

つまり同じ船に乗ってるも同然で、良いことも悪いことも認め合っています。ですから逆に、ひとりでも裏切り者が出れば、お互い疑心暗鬼に陥って、すぐに混乱します」

「できるのか」

「はい。奴らの弱味のひとつやふたつ、それぞれ握ってます。でなきゃ、同心稼業なんかできませんからね」

名主らが、古味に袖の下を与えているのも、不都合なことは隠しておきたいからである。いかにも危ない橋を渡るようだが、

「これも、日頃から、己にかかってくる火の粉を払うためのこと」

と古味が言うと、遠山は真顔で、

「火の粉で済めばいいがな……とにかく気をつけてやれ」

「丁度、今日は七場所の名主の寄合です。〝七人会〟という茶会と洒落《しゃれ》てますがね。とどのつまりは、お上に厄介にならないための密談の寄合ですよ」

古味はようやく切れ者の定町廻り同心らしくなってきて、遠山に深々と頭を下げた。自信に満ちた古味の顔を、いつもは飄々《ひょうひょう》としている和馬ではあるが、心配そうに見ていた。

その頃、吉右衛門は、猿江の泉養寺まで来ていた。散歩がてらということだが、住職の悠源とは俳諧の会などで顔見知りであり、深川診療所の関係もあって、立ち寄ることもあった。

七

悠源は吉右衛門の顔を見るなり、

「これは珍しや。天下の福の神が寺詣《てらまい》りとは」

と冗談交じりで言った。だが、吉右衛門はいつもの微笑《ほほえ》みを湛《たた》えながらも、

「今日は、寺社奉行の斎藤山城守様が、お忍びで、当山においでになっているとかで、馳せ参じました」

「斎藤様をご存知でしたか」

「いいえ。お目にかかったことは、一度しかありません。ですが、折り入って、お頼みしたいことがありましてな。住職様からも、よしなにお願い致します」

「さようでしたか……ささ、奥へ」

悠源は本堂に招いた。立派な阿弥陀如来が鎮座しており、開け放たれた障子戸の奥

から世の中に光を発しているように見えた。

御本尊に手を合わせていた斎藤が、悠源の呼びかけで振り向くと、大名らしい威厳のある顔と態度で吉右衛門を見た。吉右衛門の方から深々と頭を下げて、

「一瞥《いちべつ》以来でございます。お覚えはないかと存じまするが、吉右衛門という者でございまして、今は旗本の高山家に世話になっております」

「吉右衛門……はて、何処で会うたかのう」

「お忘れなら結構でございます。斎藤様のように毎日、大勢の方々と会っている御仁にすれば、通り過ぎる雀のようなものです」

自嘲気味に言う吉右衛門を、斎藤は少しばかり不愉快な顔つきになったが、悠源の取りなしで、すぐに尋ねることができた。

「――で、訊きたいこととは何かな？」

「はい……先般、この泉養寺の境内で、遠山様と挟み撃ちのような形で、イカズチの雷蔵を捕らえましたな」

「…………」

「その際、どうして、お葉という女を雷蔵として差し出したのですか」

「なに……」

斎藤が驚いて吉右衛門を見ると、悠源も目を丸くしていた。だが、吉右衛門は淡々とすべてを掌握しているかのように続けた。

「私もあの月もない夜、年甲斐もなく、深川七場所をうろうろしておりましてな。町方が大捕物して凱旋する様子を、橋番所の扉が開かれた所で見ていたのです」

「お葉は遠山様によって処刑されたとのことですが、これは斎藤様と遠山様の打ち合わせがあってのことですか」

「…………」

「それとも、お葉と雷蔵が入れ替わったことは、遠山様は知らぬことなのですか」

「——何の話をしておるのだ」

不愉快な表情になって、斎藤は吉右衛門を追いやる仕草をした。悠源も驚いた顔で引き下がらせようとしたが、吉右衛門は構わず、いつもの淡々とした態度で続けた。

「お白洲にても、お葉はさして言い訳をしなかったということは、命を取られても構わぬほどの覚悟があったということですな。つまり、雷蔵の身代わりになるのを厭わなかったということですな」

「…………」

「雷蔵というのは、もしかしてこの寺の中に潜んでおりますかな。それとも、もう何処かに逃げておるのか」

　吉右衛門は相手のことなど気にせず、平気な顔で続けた。

「これは私の考えですがね……由良吉という者が、阿弥陀如来の銀簪で梅助という妓楼の若い衆を殺したのですが、同じ妓楼の松吉を殺したのもそうでしょうな。よほど『竹之屋』に恨みがあるのかと思うてましたが、さにあらず……いわば岡場所の人間なら誰でもよかった。そういう意味では、遠山様に〝脅し文〟を出して、要望に応じなければ犠牲にしてよいと考えていた人間てことですかな」

「…………」

「予め殺していたのは手落ちではなく、ただただ遠山様を貶《おとし》めるための工作でしたかな……案の定、遠山様は謹慎となりました」

「なんだ、おまえは。そんな下らぬ話はもうよい。下がれ」

　乱暴な口調で、斎藤は吉右衛門に命じた。本堂の片隅にいた家臣たち数人が、近づいてきて、今にも連れ出そうと身構えた。それでも、吉右衛門は当たり前のように続けて、

「今話した由良吉というのは、雷蔵の子分のひとりではありませぬか」

「えっ……」

斎藤と悠源はふたりとも、明らかに動揺した目で、吉右衛門を見た。

「由良吉は、お富という遊女の幼馴染みで苦界から救い出そうとしていたようですが、思いを叶えてやりましたか、雷蔵は」

「…………」

「イカズチの雷蔵は、あなたですね、斎藤山城守様。歌舞伎役者顔負けの早変わりですな……と言いたいところですが、雷蔵などという人間は元々、いないのでしょうな。いるとすれば……」

吉右衛門は阿弥陀如来像を見上げて、

「このご本尊のようなものでしょうか……あなた方一族が信じ切っている、礼拝すべき御仁……深川八郎右衛門。殊に、七代目。この深川の地には、芭蕉《ばしょう》も住んだことがあり、俳諧好きな七代目は、たしか轟雷鳴《とどろきらいめい》という俳諧名だったような……」

「…………」

「つまりは、深川一族の頭領ですな」

啞然と聞いているふたりに、吉右衛門はさらにハッキリと告げた。

「あなた方も、深川一族に縁が深い御仁。住職は初代住職の末裔であり、斎藤様のご先祖も、深川八郎右衛門が摂津国にいる折からの縁……そして、家康公とともに江戸に来た深川八郎右衛門は、いわば〝深川〟という国の領主だった」

「………」

「徳川家がかの柳生《やぎゅう》一族を必要としたように、江戸支配にあっては、深川一族の力を利用していたのですからな。それゆえ、富岡八幡宮の近くには、松平忠輝や大久保長安と関わりがある越後高田藩の屋敷が置かれた」

　驚きよりも恐怖に似た顔になってきた斎藤は、悲鳴のような声で、

「この爺《じじ》イを摘み出せ。頭がおかしいのだろう！」

　と命じると、家臣たちが取り押さえようとした。が、吉右衛門は軽く肩や腕を動かすだけで、家臣たちは勝手に転んだ。

「!?——」

　斎藤は思わず腰の脇差しに手をあてがったが、吉右衛門が睨みつけると、まるで金縛りにあったかのように動きが止まった。家臣たちもその場に倒れたままである。

「まさか斎藤様……その昔、徳川家に深川一族が〝御家断絶〟されたことを恨んで、弘前や土浦藩、川越藩、忍藩……薩摩などの各藩を率いて、幕府に弓引くつもりではありますまいな」

「………」

「たしかに、その昔は、深川に屋敷があった大藩はいずれも、深川一族に土地のことから防備のことなど、色々と面倒を見て貰っていた。その分、自国から家臣や忍びを連れてこなくて済んだ。だからといって、時を戻して戦乱を企てたところで、深川一族が蘇《よみがえ》るとは思えませぬがな」

「な、何者なのだ……おまえは……」

「遠山様の失脚を謀《たばか》り、その勢いを借りて、幕府中枢を脅すつもりかもしれませぬが、深川の地を取り戻すことは無理でございましょう。妄想はこれくらいにしておいたら、如何でしょうか」

「………」

「あなた方がやってきたことは、とどのつまりは盗みと人殺しです」

「ぶ、無礼者めが……せ、成敗してやるッ」

斎藤は脇差しを抜こうとするが、やはり石の刀のように微動だにしない。吉右衛門は、数珠を握ったまま立ち尽くしている悠源の方もじっと見つめ、

「ねえ、悠源和尚……阿弥陀如来というのは、厳しい修行をした末に、悟りを開いて如来になったとされる仏様ですよね。そして阿弥陀如来はすべての人々を分け隔てなく、極楽浄土へと導いて下さいます」

「…………」

「その仏に仕えるお人が、善悪を弁《わきま》えないはずがない。大勢の人を巻き込むかもしれない戦ばりのことをするよりは、深川診療所のような所を増やして、あるいは食うに困っている人々や、学びたくても手習所にも通えぬような子供を救ってやって下さいまし」

吉右衛門が切実に訴えると、悠源はガックリとその場に座り込んだ。そんな様子を見ていた斎藤は、それでも必死に眉を寄せて、抜けぬ脇差しをどうにかしようとしていた。

「おのれ……貴様は、物の怪だな！」

怒声を上げて力任せに脇差しを引いた。すると、スルッと鞘走り、勢い余って吉右衛門に向かって投げたようになった。飛んできた脇差しを、吉右衛門は素手で摑んだ。明らかに刀身を握ったのに、掌《てのひら》は血も滲んでいない。

「ははは、真剣白刃取りですかな……たまたま上手《うま》くいった、あはは」

吉右衛門が笑ったとき、斎藤は緊張したようにピンと背筋が伸びて、

「わ、わわ、わああ！」

と奇声を発した。そして、両手を挙げるとその場に座り、「ハハア」と平伏した。

「これこれ、大袈裟なことはやめなさい。思い出してくれましたかな」

「失礼をば致しました……あれは上様上覧の御前試合の折、まだ私は若く、意気込んで相手に斬りつけたとき、勢い余って刀が飛び、あわや上様に当たりそうになったとき……あなた様がとっさに飛び出て、刀を摑んだ」

「………」

「その上で、私の失態を庇って下さいました……ああ、なんということだ……お許しを、どうか、どうかお許しを！」

「遠い昔の話でござる。どうじゃな、斎藤様。深川一族については、七代目八郎右衛門がすべて一身に背負って、余計な抗争を避けたのですからな。それで、将軍家も安泰だったのではないですかな」

「はい。はい、そうでございます」

「代々の八郎右衛門はこの泉養寺で安らかに眠っているのですから、揺り起こすようなことは避けられるが賢明でしょう」

「ハハア――」

斎藤は、吉右衛門の言葉に目覚めたかのように、平伏するのであった。俳諧仲間に過ぎない悠源はキョトンとなったものの、斎藤の真似をして深々と頭を下げ続けていた。

八

富岡八幡宮の真ん前に、大きな料亭がある。ここは、宿下がりした大奥女中や裕福な商家の内儀などが、勧進相撲を観ることができるように、間口を広く取ってある。土俵どころか、幕内にも入れない女たちが、〝風景〟として楽しむことができる場所だ。

その海風が漂う一室に、七場所の町名主たちが集まっていた。深川は富岡八幡宮や材木問屋などで賑わいを保たれているが、夜千両と呼ばれる吉原と張り合って、公許ではない岡場所としての伝統を守ってきた。

他の岡場所が概《おおむ》ね陰湿な感じがするのと違って、三味線《しやみせん》や太鼓《たいこ》、舞《まい》や端唄《はうた》、浄瑠《じよう》璃《り》などの優れた芸事で辰巳《たつみ》芸者が出迎える深川ならではの料理茶屋などが多かった。遊女たちも吉原に負けないくらい芸事を嗜《たしな》む者ばかりで、客を出迎える待合茶屋もあった。ゆえに、七場所の名主たちは、花街で深川を支えている自負があった。

仲町の久左衛門《きゆうざえもん》、土橋の尚兵衛《しようべえ》、櫓下の紋蔵《もんぞう》、裾継の清七郎《せいしちろう》、大新地の朝兵衛《あさべえ》、石場の徳治郎《とくじろう》、佃新地の鹿之助《しかのすけ》らが大店の主人風の羽織姿で寄り集まっていた。いずれも、男盛りの分別ある大人の雰囲気である。

お互い上下関係のない〝兄弟杯〟を交わしているくらいだから、和気藹々《わきあいあい》と近頃の遊郭の様子などを話していた。だが、今日の話題はもっぱら、イカズチの雷蔵に関わることが多かった。

いずれも深川の元々の地主関係は承知しているし、深川八郎右衛門のことも尊崇しており、菩提寺に参拝することも当然のように行っていた。徳川家の庇護のもとにある富岡八幡宮とその門前町の賑わいがなければ、自分たちの繁栄もない。

ゆえに、イカズチの雷蔵が出没していたことには、かねてより神経を尖らせていた。

「やはり、深川一族の意趣返しかね」

「いつの話をしてるんだか」

「捕まったのは、若い女だってことだが、ちょいとありえねえな」

「ああ。此度の騒動は、どうもうちらを狙っている節がある」

「岡場所潰《つぶ》しってことだな」

「勘弁して貰いたいな。こっちはいくら金を払ってると思ってるのか」

「他の岡場所なんざ、お化けしか出ないような所だらけだ。女もな」

「ああ、花街らしい花街は深川しかないのにな」

「吉原は遠いし、お高くとまっているから、こっちに流れてくる客の方が多い。それを潰したら、困るのは御公儀の方だ」

「まったく風紀は悪くなるだろうし、四宿《ししゅく》の女郎屋じゃ役に立つまいに」

などと言葉を交わしていた。ある程度は、深川一族が関わっているのであろうと分かっているような口振りである。

そこに、いきなり入ってきたのは、古味だった。熊公も一緒である。

ふたりの姿を見て、七場所の町名主たちは一様に顔を顰《しか》めた。いくらもちつもたれつの関係であっても、自分たちの縄張りに入ってこられるのは嫌だった。

「さすがは花街の旦那衆。食ってるものが違うなあ」

すでに喧嘩腰の口調で、古味は一同の真ん中に陣取って座り、美味《うま》そうな鯉《こい》こくを指で摘んで食べた。

熊公は立ったままで身構えている。

料亭の表には、それぞれの用心棒が数人ずついたが、古味が入るのを見て、追いかけて上がってきている。いずれも一癖も二癖もある連中で、相手が同心であろうが、いつでも喧嘩を吹っかける態度だ。

「久左衛門……おまえ、大変なことをしてくれたな」

「なんでございましょう」

お互い上下関係はないとはいえ、仲町は一番の盛り場であり、年齢も他の者たちよりも上なので、穏やかな態度で答えた。

「由良吉って男を知ってるかい」

「いいえ……」

「こっちの調べではな、どうやらイカズチの雷蔵一味のひとりだったようだが、久左衛門……おまえの所の若い衆だったらしいな」

「知りませんな」

「だが、本人がそうだと言ってるんだ。実はついさっき、この熊公が捕まえてな、色々と吐かせたんだよ。こいつは、鹿之助……おまえの縄張りにある『竹之屋』という見世の若い衆ふたりをぶっ殺した」

「…………」

「命じたのは、おまえだってな」

「なにを馬鹿な……」

平然と久左衛門は否定したが、他の町名主たちは俄に訝《いぶか》しげな目になった。仲良く見えてはいても、腹の探り合いをしているような寄合だ。所詮は損得だけで動いている連中だからか、身の危険の察知は鋭い。

「古味の旦那……何かあったんですか」

土橋の尚兵衛が訊くと、他の者たちも興味津々《しんしん》の顔で古味を見やった。

「おまえたちなら承知しているだろうが、イカズチの雷蔵一味ってなあ、深川一族の者だ。その頭目は、なんと寺社奉行の斎藤山城守様だったんだ」

「え……ええ⁉」

一様に町名主たちは驚いたが、久左衛門だけは平然と古味を睨んでいた。

「だが、驚いたぜ……その斎藤様よりも大物がいたんだ。深川一族の末裔で、今だに御公儀に恨みを抱いていて、この深川をぜんぶ取り戻そうとしている頭目が……久左衛門、おまえだ」

「…………」

「そうだろ。吃驚したぜ。まさか、おまえが寺社奉行や住職まで操《あやつ》っていたとはよ……つまりは、イカズチの雷蔵ってなあ、おまえだってことだ」

「冗談も休み休み言って下さいよ、旦那。私が盗みや殺しをして何になるってんです」

「遠山奉行を追い落とすためだ」

「ええ……？」

「おまえは、公儀が深川から岡場所をなくそうとしているのを、いち早く察知した。だが、そんなことをされては、おまんまの食い上げだ。それに、深川一族の〝跡継ぎ〟として、しっかり深川って所を守ってきたのに、また奪われてしまう。そんな危機感があったんだろう」

「…………」

「そこで、元々、富岡八幡宮を通じて親しかった斎藤様に相談し、泉養寺の住職まで巻き込んで、一騒動を仕組んだ。そして、遠山様を追放できればそれでいいが、もし岡場所がなくなるとしても、深川の何処かの名主として、自分だけは生き延びるために……ここの仲間には内緒で、色々と斎藤様に嘆願していたんだ」

「――知りませんねえ……誰が何を話したか知りませんが、私は何も知りません」

久左衛門は居直ったように白《しら》を切って、他の町名主たちに言った。

「皆の衆、古味の旦那は袖の下ばかり取ってる阿漕な同心だってことは、百も承知してますよねえ……なんだか私たちをハメようとしているようですが、こういうときこそ結束しないといけませんな」

と久左衛門が言ったとき、いまひとり、侍が入ってきた。

和馬である。手には、一通の封書を持っていて、『下』という文字があった。上意《じょうい》下達《かたつ》の意味合いがある。それを見せてから、

「旗本の高山和馬である」

「言われなくても、よく存じ上げておりますよ」

と久左衛門は言った。時々、可哀想な遊女を助けるといっては、身請け金も含めて交渉に来ることがあったからである。

「高山様のご苦労は分かりますが、世の中というものは綺麗事だけではないのです」

もう一度和馬は封書を見せて、

「これは、俺からではない。ご老中・堀内能登守様からである。謹慎中の北町奉行・遠山様に成り代わって持参した」

「なんでございましょう……」

さすがに老中という言葉には、久左衛門も他の町名主たちも緊張した。

「深川岡場所を廃止する。本日より一月《ひとつき》の間に見世を畳み、遊女を解き放つことを命ずる。従わない場合は、人身売買をした咎《とが》によって死罪に処す」

「そ、そんな馬鹿な……！」

町名主たちは一斉に立ちあがって、用心棒たちも今にも和馬に突っかかろうとした。が、久左衛門だけは事情を承知していたのか、深い溜息をついた。そして、一同をゆっくりと見廻すと頭を下げた。

「——ご老中に命じられたら、もはや抗うこともできませんな……遠山様さえ追い落とすことができれば、岡場所は存続すると思ったのですがな……」

「どういうことだい、久左衛門さん」

他の町名主たちが詰め寄ったが、もはや言い訳はしなかった。最後は深川一族としての矜持《きょうじ》を保とうとしたのであろうか。

「俺は岡場所が悪所ばかりだとは思ってないが、やはり可哀想な女がほとんどだ……おまえたちは町名主として、後始末に精を出すことだな。さすれば、生きる道もあるだろう」

静かに言う和馬を、久左衛門は観念したように深い溜息をつきながら見上げていた。もはや、どうしようもなかった。

この後——深川の岡場所はなくなり、やがて明治《めいじ》を迎えるのである。

吉右衛門がぶらぶら歩いてくると、かつて遊郭だったところは真っ暗で、薄暗い中に夜鷹《よたか》が立っていた。

「お兄さん……ちょいと寄っててらして下さいな……」

立ち止まった吉右衛門は振り返って、

「私はごらんのとおり、爺イです。おまえさん。食うに困っているなら、他に仕事もある。何か手伝えることがあれば、何でもするから相談して下され」

「――なんだよ。買わないなら、向こうへ行っとくれ。人の邪魔すんなッ」

その夜鷹は、お富であった。由良吉は死罪となったが、後追い心中まではしなかったのであろう。フンと背中を向けると、さらに薄暗い路地の中に消えた。

ふと見上げると、月がぽっかりと浮かんでいた。遊郭の灯が消えた分、とても綺麗な月明かりに感じた。

〝天保の改革〟は綱紀粛正《こうきしゅくせい》を旗印に、庶民の楽しみを削っていったが、そこで生きてきた人々の暮らしまで、いっぺんに消して良いのかどうか……吉右衛門はそんなことを思いながら、寂しくなった夜道を散策していた。

時代小説

二見時代小説文庫

どくろ夫婦《ふうふ》 ご隠居《いんきょ》は福《ふく》の神《かみ》 9

二〇二二年 七月二十五 日 初版発行

著者 井《い》川《かわ》香《こう》四《し》郎《ろう》

発行所 株式会社 二見書房
〒一〇一-八四〇五
東京都千代田区神田三崎町二-一八-一一
電話 〇三-三五一五-二三一一［営業］
〇三-三五一五-二三一三［編集］
振替 〇〇一七〇-四-二六三九

印刷 株式会社 堀内印刷所
製本 株式会社 村上製本所

ISBN978-4-576-22093-2

https://www.futami.co.jp/